El Orloj de Praga

Serie El Orloj: Vol. 1

Erasmus Cro[illegible] Smith II

El Orloj de Praga

Esta es una obra de ficción. Los nombres, personajes, negocios, lugares, eventos e incidentes son producto de la imaginación del autor o se usan de manera ficticia. Cualquier parecido con personas reales, vivas o muertas, o eventos reales es pura coincidencia.

ISBN: 978-1-7330289-5-0
Publisher: Erasmus Press
Editor: Elisa Arraiz Lucca
Traducción al español: Erasmus Cromwell-Smith II
Corrector de prueba: Erasmus Cromwell-Smith II
Diseño de Portada: Alfredo Sainz Blanco
www.erasmuscromwellsmith.com
Primera Edición
Impreso en USA, 2020.

Libros de Erasmus Cromwell-Smith

In English

The Equilibrist series
(Inspirational/Philosophical)
The Happiness Triangle (Vol. 1)
Geniality (Vol. 2)
The Magic in Life (Vol. 3)
Poetry in Equilibrium (Vol. 4)

Young Adults
The Orloj series
The Orloj of Prague (Vol. 1)
The Orloj of Venice (Vol. 2)
The Orloj of Paris (Vol. 3)
The Orloj of London (Vol. 4)
Poetry in Balance (Vol. 5)

En Español

La serie El equilibrista
Inspiracional/Filosófica)
El triángulo de la Felicidad (Vol. 1)
Genialidad (Vol. 2)
La magia de la vida (Vol. 3)
Poesía en equilibrio (Vol. 4)

Jóvenes Adultos
Serie El Orloj
El Orloj de Praga (Vol. 1)
El Orloj de Venecia (Vol. 2)
El Orloj de Paris (Vol. 3)
El Orloj de Londres (Vol. 4)
Poesía en Balance (Vol. 5)

The South Beach Conversational Method (Educational)
• Spanish • German • French • Italian• Portuguese

El Método Conversacional South Beach (Educacional)
• Inglés • Alemán • Francés • Italiano • Portugués

The Nicolas Tosh Series (Sci-fi)
•Algorithm-323 (Vol. 1)
•Tosh (Vol. 2)

As Nelson Hamel*
The Paradise Island Series (Action/Thriller)
Dangerous Liaisons Miami Beach (Vol. 1)
The Rb Hackers Series (Sci/fi)
The Rebel Hackers of Point Breeze (Vol.1)

* In collaboration with Charles Sibley.

All books are or will be included in Audiobook

Para mis hijos:

"Los unicornios azules solo existen en la vida, si los podemos ver".

Nota del Autor,

Mi nombre es Erasmus Cromwell-Smith II. Tal como lo fue mi padre, soy pedagogo y escritor. En el Volumen 1 de la serie El equilibrista —El triangulo de la felicidad— reviví la memorable clase del año 2017 en una universidad de Boston, cuando mi padre, pensando que estaba desahuciado, narró a sus estudiantes a través de la poesía la historia de su vida. Comenzando desde que era solo un niño, creciendo en el pueblo Galés de Hay-on-Wye, rodeado de librerías de libros antiguos y mentores excéntricos; luego continuó con su adolescencia en Oxford hasta su mayoría de edad, cuando cursó estudios de postgrado en Harvard donde se enamoró de mi madre, Victoria Emerson-Lloyd, batuta de la banda de marcha de la prestigiosa institución académica. En el Volumen 2 de la serie El equilibrista —Genialidad— escribí acerca de su igualmente magistral clase del año 2018, ayudado por un material adicional que descubrí acerca de las clases de mi padre, quien ya se había curado milagrosamente de su enfermedad con un avanzado tratamiento médico. Mi padre llevó a sus alumnos a través del tiempo, nuevamente, desde el prisma de la poesía, a sesiones inolvidables de tutelaje con anticuarios de libros de Nueva Inglaterra durante el período donde como pareja de jóvenes adultos, perdidamente enamorados el uno del otro, mi madre y mi padre vivieron juntos en Harvard, hasta que ella inexplicablemente desapareció. En el Volumen 3 de la serie El equilibrista —La magia de la vida—, reviví su clase del año 2019, la cual fue su última, donde llevó a sus alumnos nuevamente al pasado a través del manto de la poesía y una serie de revelaciones existenciales que mis padres se hicieron, el uno al otro, acerca del período de más de cuarenta años durante el cual vivieron separados, hasta el momento en que se reencontraron y se casaron.

Trágicamente, apenas un año después, la hija mayor de mi madre y su esposo murieron en un accidente automovilístico, la causa por la cual me adoptaran a mi, el hijo infante de la pareja fenecida.

Este libro —El Orloj de Praga— Volumen #1 de la serie del Orloj, trata sobre mi clase en el año 2055, donde tal como mi padre lo hiciera, narré a mis estudiantes, también a través de la poesía, una serie de anécdotas que ocurrieron mientras crecía criado por mis padres adoptivos, ambas personas de mediana edad y profesores retirados, quienes volcaron sus corazones por mi bienestar y formación. En esta clase en particular, me sumergí en una serie de viajes al extranjero en los cuales, entre las edades de 12 a 16 años, tuve una serie de "experiencias mágicas" de tipo existencial, en varias ciudades enigmáticas y esplendorosas a la vez, en el continente Europeo.

Erasmus Cromwell-Smith II
Escrito en T.D.O.K.
California´s Central Valley (2056)

Prefacio

El Instituto de Arte y Literatura del Valle Central de California abarca 300 acres. Sus numerosos edificios de cinco pisos hechos de vidrio y acero, están todos concentrados en el lado norte del campus, en un terreno de 80 acres, más elevado que el resto de la universidad. Las imponentes estructuras potenciadas por paneles solares, están repartidas a través de toda la colina y brillan resplandecientes, en la distancia, como obeliscos de los quehaceres de la vida universitaria moderna. Desde los campos deportivos y extensas áreas verdes situadas abajo, los edificios de la facultad parecen una ciudadela contemporánea que lo domina todo.

Mi nombre es Erasmus Cromwell-Smith II, justo después de mi graduación me fue ofrecida una cátedra universitaria, por lo que he estado enseñado poesía y literatura inglesa en esta institución desde que tengo veintiún años de edad. Esto ocurrió hace ya catorce años. Mientras tanto, me he convertido en profesor titular, lo cual es una tradición familiar, ya que esto es exactamente lo que mis padres hicieron durante toda su vida en dos universidades en el área de Boston. Además de que enseñar es lo que siempre me ha apasionado hacer, es también para lo que fui preparado desde que tenía uso de razón y en el mundo en el cual crecí.

Tal como mi padre a mi edad, todavía no me he casado, pero tanto en apariencia como en comportamiento social no podríamos ser más distintos. Mido 1,90, soy atlético y excéntrico. Me visto con colores pasteles, uso sombreros estrambóticos y sandalias de predicador. Cargo mis materiales de enseñanza en una mochila sobre mis hombros y mi vestuario en general luce como el de uno de esos extraños hombres de negocios de Suecia o los países bajos. Mis gustos peculiares en la manera de vestir, están plasmados de manera elocuente en un verso escrito por uno de mis estudiantes, el cual está a la vista de todos en la pizarra informativa del salón de clase.

"Cromwell-Smith II se viste desde la cabeza hasta los pies en colores verdes manzana o purpuras lechosos, ambos mezclados con naranjas de tonos suaves, rojos opacos, rosados pálidos o amarillos pastosos".

Soy notoria y crónicamente impuntual, así como tardío con mi currículo. También puedo ser un poco gritón y apasionado, pero, sobre todo, soy reconocido como un gran pedagogo. Analítico y emotivo de acuerdo a las circunstancias, usualmente preciso, empático y siempre proyectando inspiración.

Mi adorada madre siempre me contó acerca de cuan dura había sido su vida amorosa durante todos esos años que estuvo separada de mi padre y de cómo estas experiencias podrían eventualmente afectar o influenciarme a mi de una manera u otra.

—¿Estarás abierto al amor verdadero?, ¿o te vas a escapar de él?, ¿van las heridas y cicatrices de tus padres a alejarte de él, haciéndote reacio al amor verdadero? ¿O el profundo amor del uno por el otro eventualmente te llevaran a lo mismo? —me dijo en forma de premonición, una y otra vez mientras crecía.

La realidad es que mi vida fuera de clase es tan colorida como mis ropas, ya que está llena de múltiples relaciones con todos sus beneficios, pero sin ningún tipo de compromisos. Mi preferencia es por mujeres atléticas que me puedan acompañar en mis interminables aventuras deportivas al aire libre. Pero la falta de planes a largo plazo combinada como mi indisposición a obligación alguna, siempre termina inevitablemente en que todas rompan conmigo. Así que, a fin de cuentas, mi madre tenía la razón, ya que lo que ella predijo, finalmente ocurrió. Hasta ahora, lo que he hecho es huir del amor verdadero, compromiso o infatuación alguna. Por ninguna otra razón que egocentrismo ya que no estoy dispuesto (por lo menos hasta ahora) a ir a través de todo el esfuerzo y exigencias que el amor verdadero requiere.

Capítulo 1

Un mundo de libros antiguos por doquier

Y es así como comienza mi historia...

Se le ha hecho tarde, son ya las 8:05 de la mañana cuando el profesor Cromwell-Smith II llega al edificio de la facultad en su Segway. Se baja apurado y camina con brío a través de los pasillos con rumbo a su clase de las 8:00 de la mañana.

En este, su primer día del año académico del año 2055, el profesor tiene un cuerpo estudiantil de 10500 alumnos, de los cuales 500 asisten el salón de clase en forma de auditorio y el resto a través de una transmisión en vivo a 200 dominios en Internet, repartidos por todo el país.

Todo el auditorio está lleno de pequeñas pantallas visuales flotando en el aire en frente de sus usuarios hipnotizados. Tres cámaras de video a control remoto apuntan al centro del escenario desde ángulos diferentes. Una pantalla virtual gigante esta suspendida en el aire enfrente del podio y de manera continua muestra tomas alternas de los salones de clase que atienden a la clase de Cromwell-Smith II.

El profesor pasea por el escenario con energía nerviosa y, mientras más alumnos se percatan de su presencia, más pantallas virtuales desaparecen. El no dice palabra alguna hasta que todas han desaparecido.

—Quiero darles la bienvenida a todos a este nuestro nuevo año académico. A partir de ahora, bien sea durante o después de la clase, no quiero ver a ninguno de sus artefactos comunicacionales prendidos en este auditorio. Esta será mi única advertencia. La próxima vez que alguno de ustedes no cumpla con esta regla, lo estarán haciendo a su propio riesgo, —Les dice con un semblante impregnado de seriedad y firmeza. —Este año, nos vamos a desviar del currículo oficial, —el profesor anuncia ante la curiosidad de todos. —Con la poesía como nuestra luz y guía, nos embarcaremos en un viaje en el tiempo. Juntos vamos a revisitar mi vida mientras crecí, —añade ante un alumnado aun más perplejo, —como verán, las experiencias vividas durante mi infancia están centradas en cuatro viajes extraordinarios a ciudades alrededor del mundo, en cada una de ellas experimenté aventuras llenas de magia y misterio. Hoy, y en una serie de sesiones a continuación, empezaremos con la ciudad de Praga.

El profesor Cromwell-Smith II desmonta la mochila de su hombro y la tira arriba de su escritorio. A seguidas, la abre y escarba en ella hasta que saca dos carpetas impecables de color pastel.

—¿Listos? —Pregunta.

Lo que obtiene como respuesta colectiva son un gran numero de cabezas asintiendo y una audiencia que le mira con ojos atentos y agrandados por la excitación y la expectativa. El profesor abre una de las carpetas y empieza a leer entusiasmado.

Boston, Mass. (2020)

Para el momento en que mis padres me adoptan ya ambos están por arriba de sus sesenta años. La buena noticia es que ambos ya están retirados, por lo que soy el centro de atención de su universo. Pero hay ciertas cosas muy peculiares acerca de nuestra familia; por ejemplo, cuando los dos hijos mayores de mi madre vienen de visita, naturalmente la llaman mamá.

Y están en lo correcto. Pero ambos son también mi tío y mi tía, ya que mi madre era originalmente mi abuela materna. Todo esto, naturalmente, es en extremo confuso para un niño de cinco años. Por otro lado, estoy creciendo con una pareja de personas mayores, así que mi niñez se desenvuelve de acuerdo a su estilo de vida, el cual consiste en hacer lo que usualmente la gente con recursos hace: viajar por el mundo de manera incesante e interminable.

Cuando estamos de viaje, ambos siendo maestros, me educan con clases como si estuviera atendiendo a la escuela, por ello, una buena parte de mi infancia ocurre dándole vueltas al mundo una y otra vez; visitando las cosas más aburridas e inimaginables, tales como monumentos, estatuas, museos, sitios históricos llenos de lugares conmemorativos como edificios, salas de concierto, mausoleos, solo por mencionar algunos. Aún así, pasamos varios meses al año en Boston, pero siempre parece que estamos de pasada ya que en un abrir y cerrar de ojos nos marchamos nuevamente.

Pero lo mejor de todo es que me llevan a todo tipo de parques de diversiones alrededor de los lugares que visitamos, esa es mi recompensa por acompañarlos en sus viajes interminables de tipo histórico e interés general. Pero todo esto cambió cuando cumplí diez años e inesperadamente la vieja ciudad de Praga se convirtió en un portal hacia un mundo mágico y misterioso, en el cual disfruté de muchos de mis sueños e ilusiones, pero esto pasa un poco después.

Mi infancia es un torbellino lleno de abundancia de amor y atención, barnizadas con una avalancha de estímulos. Mi madre me enseña a nadar cuando apenas aprendo a caminar. Mi padre me enseña a montar bicicletas en un abrir y cerrar de ojos. Como consecuencia, poco después, empiezo a acompañarlos en sus largos paseos, algunos de varias horas de duración. Con mi madre empiezo a hacer vela desde una temprana edad, con ella aprendo todo lo que sabe acerca del mar. Cuando estamos en Boston por un par de semanas, mi padre me lleva a hacer remo en las aguas del río Charles y a pescar los fines de semana. En el verano caminamos diferentes sistemas montañosos y en el invierno esquiamos en diversos lugares y continentes.

Muchas de las inolvidables memorias y recuerdos de mi niñez se originan en mi interés, proclividad y aptitud hacia el mundo de los libros. Para mi deleite, mis padres me proveen con todos los libros clásicos imaginables para niños. Esto a su vez hace de mi un lector voraz y crea el hábito de por vida de explorar el vasto mundo de los libros. Así es como omnipresente a través de mi niñez, la lectura reina sobre todo. Adicionalmente cuando tienen tiempo, a mis padres les encanta leerme en voz alta. Con mi madre leo todas las fabulas de Esopo, los cuentos de hadas de los hermanos Grimm y a Hans Christian Andersen. Ellos todos revelan para mi un mundo maravilloso lleno de fantasía. Con mi padre leo a Julio Verne: 20,000 leguas de viaje submarino, Viaje al centro de la tierra y La vuelta al mundo en ochenta días; de H.G. Wells leo La máquina del tiempo, El hombre invisible y La guerra de los mundos; de Alexander Dumas, Los tres mosqueteros y El conde de Montecristo; de Mark Twain, Las aventuras de Huckleberry Finn, Tom Sawyer y Un yanqui en la corte del rey Arturo y de Victor Hugo, Los miserables. Todos ellos me abren horizontes a diferentes culturas, aventuras, así como caracteres excepcionales. Con mi madre en Las mil y una noches, leo a Aladino y su lámpara mágica, Alibabá y los cuarenta ladrones y Simbad el marino. Adicionalmente con ella leo a Peter Pan, Mary Poppins, Juana de Arco; de Moliere, El avaro y el impostor; juntos leemos La cabaña del Tío Tom,

El Flautista de Hamelin, El ruiseñor; de Charles Dickens, leo David Copperfield y Oliver Twist, así como de Miguel de Cervantes, Don Quijote. Todos ellos me ayudan a desarrollar más aun mi capacidad de soñar y expandir mi imaginación para así poder apreciar y valorar cuan ricas y fecundas son la condición humana y la vida misma.

Con mi padre leo al Rey Arturo y los caballeros de la mesa redonda; juntos leemos a Robin Hood, Guillermo Tell, David Crocket, Daniel Boone, El ultimo de los Mohicanos, Los hermanos Karamazov, La isla del tesoro, Robinson Crusoe y Moby Dick; a través de ellos visito mundos llenos de hombres valientes y con coraje que confrontan y superan vicisitudes aparentemente insuperables a primera vista.

Estos y muchos otros libros que tengo el privilegio de leer y explorar son como alfombras mágicas que me llevan a todo tipo de lugares con caracteres excepcionales e inolvidables. Todos ellos habitan en el mundo de la imaginación. La galería de libros clásicos para jóvenes que mis padres me regalan, sirve su propósito como un viaje formativo y exquisitamente rico, lleno de ilimitadas lecciones de vida; también por tenerla desde una edad tan temprana, sirve como un detonante a mi talento creativo y como catalizador para desarrollar una curiosidad sin limites, las cuales no solo se expanden sin la estrechez de los periscopios, sino que por el contrario lo hacen a través de vastos horizontes sin limite alguno. Estos cuentos magníficos me hacen crecer en un estado constante de regocijo, maravillado y sorprendido acerca de la vida y sus gentes. Y esto, a su vez, permea en mi carácter y persona, convirtiéndose subsecuentemente en una serie de virtudes y creencias que quedan indeleblemente grabadas en mi, incluyendo actitudes como el estar perennemente alegre, motivado, positivo y agradecido por el viaje de vida que disfruto y los compañeros que viajan conmigo en él. Estoy seguro de que esta fuerte proclividad mía hacia el mundo de los libros es la causante de lo que me pasó que cambió totalmente el curso de mi vida.

Hay-on-Wye (2028)

"Un joven Yanqui en la ciudad de los libros", así se refieren aquí sobre mi, aunque más bien a mi parecer soy "un Bostoniano en un acuario Galés".

Boston, mi ciudad natal y donde crecí (cuando parábamos allí), se siente lejos al otro lado del Atlántico.

Hace dos años, poco antes de cumplir los diez años de edad, mis padres decidieron, aunque principalmente fue una idea de mi padre, que mi inclinación natural por el mundo de los libros estaría mejor servida si por el resto de mis años formativos estaba rodeado de libros antiguos en la ciudad donde él nació y creció, Hay-on-Wye, también conocida como Booktown (la ciudad de los libros).

—Erasmus, este lugar es famoso en todo el mundo por la gran cantidad de prestigiosas librerías de libros antiguos concentradas aquí. Muchas de ellas tienen más de un siglo de fundadas, —mi padre me explica cuando llegamos a su recién renovada y modernizada casa de familia donde vivió desde niño hasta su adolescencia. —Hijo, vete, pasea y explora el pueblo tal como yo lo hice a tu edad, quiero que descubras por ti mismo los tesoros que te rodean, —añade con una sonrisa ancha en su rostro. —Una vez que determines cuales son tus preferencias te acompañaré para que me presentes a los anticuarios con quienes hayas hecho amistad, —me dice como palabras de despedida.

Pero mi padre olvida un detalle crucial. Contrario a él, que creció en este lugar, yo estoy en territorio extranjero. Así que ha pasado más de un año para que la gente local, la escuela y yo mismo nos acostumbremos y nos aceptemos.

Cuatro anticuarios terminan siendo mis favoritos, no solo porque toleran los modales primitivos y rústicos de un joven de las antiguas colonias de la corona inglesa, sino también por su absoluta disposición a compartir sus tesoros conmigo. Especialmente esos escritos que ellos creen me pueden servir mejor en la vida. Mi padre me dice que años atrás, Hay-on-Wye tenía una tienda de magia. A él no le gustaba mucho el lugar porque había destruido sus ilusiones de que la magia era algo real. Pero años más tarde, gracias a una serie de escritos excepcionales acerca del tema, se desato en el Reino Unido una hola de magia y hechiceros y de pronto se propagó por el mundo entero.

Hoy camino por las calles del pueblo, rodeado de una cantidad de tiendas de libros antiguos. Mi destino es nada más y nada menos que una tienda llena de conjuros, embrujos, hechizos, brujerías, magos y adivinos. El dueño, el anticuario de libros de magia Winston Willdenkos, es un individuo muy peculiar. Su larga y espesa barba blanca le hacen lucir enigmático y sus penetrantes ojos azules reflejan a la vez misterio y una mente observadora. Lleva una larga y holgada chaqueta de color azul eléctrico salpicada con cometas, planetas y polvo de estrellas de color plateado. Su boina escocesa le combina perfectamente en color y diseño. Cuando cruzo en la esquina, la fachada de la tienda está a la vista.

Es solo una cuestión de tiempo y un lugar diferente para que el significado y la similitud de esta librería de libros antiguos vuelva a colación, pero más de eso luego.

Como hago siempre, sea por mucho miedo o por timidez, veo todo desde la vitrina. Hay libros antiguos gigantescos por todos lados y aunque el vidrio esté lleno de polvo, puedo ver un lugar oscuro y cavernoso. Para mi esta tienda es simplemente la más grande que jamás haya visto. Todos los títulos están relacionados con mi tema y tópico preferido: la magia. Dudo que nunca me sea posible leer mucho o nada de estos libros antiguos, pero esto no merma para nada mi entusiasmo y atracción hacia ellos. Cada libro es exhibido en pequeños soportes de madera que lucen demasiado frágiles para el tamaño y peso de los volúmenes que los sustentan. Me enfoco en los que están más cerca de mi en la vitrina tratando de descifrar sus títulos donde abundan palabras acerca el mundo de la magia. De repente, me quedo como petrificado porque el hombre con ojos azules penetrantes y una mata de pelo blanco y barba me está mirando con intensidad desde adentro. Estoy a punto de salir corriendo cuando me hace señas doblando el dedo índice para que entre. Me quedo inmóvil sin responder. Lo único que quiero es salir disparado, pero inexplicablemente algo no me permite moverme. Tampoco me atrevo a entrar. El hombre mayor sale a buscarme y las palabras que dice cuando entro se quedan grabadas en mi para siempre.

—Joven, la paciencia es lo próximo que desesperadamente necesitas adquirir. Pronto vas a aprender mucho más acerca de ella, —el hombre viejo dice pensativo. —Sucederá cerca de tu casa. Posteriormente te encontrarás de nuevo con ella en un lugar lejano a este pero de estilo muy similar.

Península de Cornwall

(Costa suroeste de Inglaterra) (2028)

Mis padres entrelazan sus manos agarrados a través de sus meñiques. Mi madre apoya su cabeza sobre el hombro de mi padre mientras miran, desde los acantilados, al vasto océano en la distancia. Yo me acerco por detrás y tomo la mano libre de mi padre uniéndome en la contemplación de la magnífica vista.

No hay nada que yo disfrute más que los viajes que hacemos desde el país de Gales a la península de Cornwall en Inglaterra. El viaje en tren desde Hay-on-Wye hasta Truno es engorroso e intricado, pero una vez en nuestro destino todo esto se borra rápidamente de mi memoria. A la llegada, desembarcamos con nuestras bicicletas y pequeñas mochilas poniéndonos en marcha en un instante. Pedaleamos paralelos a la costa hasta que vemos un lugar que nos gusta y allí nos parqueamos; a partir de ese punto hacemos caminatas y excursiones a todo tipo de lugares durante horas. A los tres nos gusta el clima fuerte de la costa suroeste inglesa. Está dotado de toneladas de fuertes vientos, neblinas oceánicas y mucha lluvia. Los espectaculares promontorios se proyectan hacia el océano ofreciendo vistas extraordinarias. Cuando nos detenemos a descansar en cualquiera de esas mesetas, nos sentamos sobre un mantel a cuadros rojos y blancos que mi madre siempre trae consigo. Distendidos, engullimos con gusto los sándwiches rústicos que prepara mi madre, allí, al borde de los acantilados de la costa de Cornwall. Pero nuestras interminables tertulias son las que más atesoro, son momentos de absoluta y completa espontaneidad. Cuando estamos expuestos y en contacto directo con la naturaleza, mi padre se convierte en un libro abierto, una ventana a un mundo lleno de profunda sabiduría y lecciones existenciales.

—Erasmus, que pasa últimamente que andas enfurruñando, resoplando y echando humo como si estuvieras hirviendo por dentro, —mi padre pregunta.

Sus palabras inquisitivas me recuerdan memorias nada placenteras y mi rostro se oscurece en una fracción de segundo.

—Mis compañeros se meten conmigo todo el tiempo, —balbuceo como respuesta.

—¿Por qué? —pregunta mi padre.

—Para ellos soy un Yanqui o un Nerd (sabelotodo), —respondo sintiéndome aliviado de que finalmente pueda sacar todo para afuera.

—Hijo, ¿por cuanto tiempo ha estado ocurriendo esto? —pregunta mi madre con un tono preocupado en su voz.

—Desde que llegamos, —respondo, tratando de simular indiferencia.

Mis padres intercambian miradas de culpabilidad.

—Papá, maldigo constantemente y al hacerlo ofendo a los demás, —declaro con ansiedad, alzando mi voz debido a los fuertes vientos que nos azotan. —Además, cuando no gano el argumento, inevitablemente salta de mi boca algún tipo de insulto, —añado.

Mientras hablo, mi padre parece perdido en sus pensamientos como si no estuviera prestando atención, pero le conozco bien. Después de una pausa que parece haber durado una eternidad, se vuelve y me mira con ojos llenos de gracia.

—Hijo, tus profesores se han quejado acerca de tu comportamiento reciente, —dice súbitamente y me sorprende por completo. —He estado tratando de comprender de donde viene tu mal genio y después de pensarlo mucho he llegado a la conclusión de que lo relevante no es si tu comportamiento es justificable o explicable a través de tus genes, sino el por qué esta ocurriendo y qué hacer al respecto, —dice sin pestañar. —He traído conmigo en el día de hoy un libro que atesoro. Se llama La magia de la vida, —dice mientras saca un libro azul de pequeño tamaño de su mochila. —Déjame leerte algo que es justo a la medida de lo que te está sucediendo, —continúa mientras selecciona la página correcta y empieza a leer con gusto.

La debilidad en el insultar a otros

Insultamos cuando nos sentimos menos que otro
o por la situación que enfrentamos.

Aun cuando en la superficie
los peyorativos parecen estar dirigidos a otros,
lo que en realidad reflejan,
es enojo con nosotros mismos,
originado sentimientos de inferioridad,
quizás frustración debido a nuestras incapacidades,
simplemente falta de preparación
o en momentos donde nos percatamos
de nuestra propia mediocridad.

También insultamos a otros
por miedo a ser desplazados of reemplazados
o que nuestras flaquezas se pongan en evidencia
o nuestras inseguridades por perder o no prevalecer.
Tratamos de hacer sentir inferiores a otros
cuando artificialmente buscamos sentirnos superiores a ellos
cuando en realidad los vemos mejores a nosotros.

En un último análisis lo que realmente
estamos haciendo es insultarnos a nosotros mismos
en el espejo de nuestra conciencia,
donde tratamos en vano de creer
que en él vemos un reflejo de otros,
cuando en realidad es solo nuestra imagen
la que nos mira de vuelta

y no la de nadie más.

Cuando cumplo los diez años, algo que no puedo explicar bien del todo empieza a cambiar dentro de mi. La impulsividad se apodera del querubín y muchacho tranquilo con buenos modales que he sido hasta ahora. Me vuelvo caprichoso, travieso y sobre todo no lo suficiente respetuoso para con mis padres.

—Hijo, no pareciera que estés apreciando lo suficiente la buena vida que disfrutas, ni todas las bendiciones que posees, —declara mi padre mientras le escucho.

Lo veo con ojos resignados a la espera de otro sermón, pero me llevo otra sorpresa.

Mi padre procede a extraer otro libro antiguo de su mochila y a seguidas lo abre donde tiene una página marcada con un bello cordón de tela.

—Lee aquí hijo.

La Paciencia

El saber cómo y cuándo esperar,
son la esencia de la paciencia.

La paciencia nos permite
contemplar todo en cámara lenta
tomar las cosas con calma,
y controlar comportamientos abruptos e impulsivos.

La paciencia es una cualidad de nuestro carácter
y temperamento,
que requiere de,
mucha sabiduría,
profunda madurez,

absoluta paz interna
y calma total.

La paciencia es una virtud
que nos provee
con la mayor probabilidad
de acertar el momento oportuno,
con todos y para todo.

La paciencia es la mejor herramienta existencial
para enfriar y pensar las cosas bien
antes de actuar sin pensar lo suficiente,
permitiéndonos quizás
darnos cuenta de los errores o fallas
antes de que estas ocurran.

La paciencia es
un lapso deliberado de tiempo,
entre las ganas de actuar y entrar en acción,
apurarse o actuar pausadamente,
ganar o perder,
estar felices y contentos
o arrepentidos sin una segunda oportunidad.

Cuando estamos asaltados o inundados
por la impaciencia,
es sabio recordar que, en la naturaleza,
inexorablemente la mañana llegará,
inevitablemente la noche vendrá a seguidas,
ineludiblemente el sol saldrá de nuevo
y se pondrá al final del día,
una y otra vez sin parar,

siempre moviéndose
al son y al latido de la naturaleza.

En el universo
todo pasa en el momento adecuado
ni una fracción de segundo antes
ni otra después.

Siempre hay una razón
cósmica o divina
para que el tiempo se comporte de esta manera.

Pero por sobre todo
la naturaleza en su esencia no puede ser alterada
mucho menos presionada o forzada a nada.

Por lo que la paciencia
es un requisito existencial
al cual seguimos y buscamos:
en el latido, el paso, el tictac,
el ritmo y el pulso
de la vida misma,
la naturaleza, el cosmos
y el universo como un todo.

—Me gusta mucho papá. Es curioso, el anticuario de libros de magia me dijo el otro día que pronto iba a estar aprendiendo mucho más acerca de la paciencia.

—Pues bien, hijo, eso no fue una coincidencia, sino una premonición de cosas por venir.

—Dijo también que en un lugar lejos de Hay-on-Wye me iba a encontrar con un lugar parecido a su librería, —comento mientras el sol se pone gloriosamente en el horizonte y la brisa marina ha cesado por completo.

Capítulo 2

Una ciudad llena de magos y capiteles

Bien sea por designio o no, la primera vez que mis padres me llevan a un anticuario de libros es cuando tengo ya doce años de edad. Ocurre durante un viaje de verano a Europa continental en la que rápidamente se convierte en una de mis ciudades preferidas en el mundo entero.

Las calles angostas de la ciudad de Praga están enmarcadas por fachadas que parecen extraídas de fabulas o cuentos de hadas de la Edad Media. Muchos de sus edificios, mansiones, puertas y ornamentos son verdaderas maravillas de ingeniería y arquitectura urbana. Desde las siete colinas que dominan la ciudad, el perfil de los edificios parece impregnado de innumerables torres, todas ellas con puntiagudas capiteles; de cerca, las fachadas están llenas de figuras enigmáticas, las más notorias de ellas las gárgolas, que representan el lado más siniestro de Praga. La ciudadela es a la vez una postal llena de iglesias góticas y palacios barrocos, que le dan un aire mágico y de misterio. Pero, sobre todo, la ciudad es un gran monumento imperecedero; un testimonio vivo de las destrezas y talento de su gente. Por un lado aquellos ciudadanos comunes y corrientes que la habitan día a día y por otro aquellos a quien nadie nunca ve.

En el día de hoy camino con mis padres que llevan sus meñiques entrelazados. Voy vestido con pantalones cortos, medias largas, mocasines relucientes, pelo perfectamente corto y peinado, vestimenta a lo cual me revelaré por completo más tarde. Felices y contentos los tres paseamos por las calles de Stare Mesto (la vieja ciudad) en Praga.

Temprano en el día hemos caminado a través del sobrio y elegante puente Charles sobre el rio Vlatva, de allí visitamos el castillo Hradcany (el castillo de Praga) y a su lado la gran estructura, como traída del cielo, de la catedral San Vitus. Entrada la mañana, paseamos a través del paseo peatonal de Vaclavske Namesti (la plaza de Wenceslav) y ahora caminamos por la calle Mustku hacia Staromestske Namesti (la plaza principal de la vieja ciudad). A primera vista todo luce simplemente espectacular. Más allá de la plaza de la ciudad vieja, podemos ver el palacio Golz-Kinsky, la iglesia Tyn y la estatua del mártir nacional Jan Hus. Mi padre me explica que Hus es una figura reverenciada en el país ya que fue quemado vivo en una estaca en la ciudad Alemana de Constanza en 1415, simplemente por sus creencias.

—Vicky, ¿tenemos tiempo todavía para una caminata corta al cementerio judío? — pregunta mi padre.

—Por supuesto cariño, todavía tenemos una buena media hora antes de la cita en Nove Mesto (la ciudad nueva) con Kraus el anticuario, pero eso no será problema, ya que está ubicado cerca de aquí, —responde mi madre.

—Perfecto, entonces hagamos un paseo breve hacia allá a prestar nuestros respetos, la visita vale la pena, —responde mi padre con entusiasmo en su voz.

'¿Un anticuario?' me pregunto lleno de regocijo al darme cuenta de que finalmente mis padres me están acompañando a visitar a uno de ellos.

Cuando nos devolvemos para dirigirnos hacia el famoso cementerio judío, lo veo a través de la plaza por primera vez. Tiro de los dedos meñiques de mis padres y los dirijo hacia lo que me ha llamado la atención. Gracias a Dios ninguno se resiste.

—Papá, ¿qué es eso? —Le pregunto excitado mientras caminamos en esa dirección.

—La torre del ayuntamiento de la ciudad vieja, —me responde deleitado por mi curiosidad.

—No papá, ¿qué son esas dos esferas? —le corrijo con un tono de intensa excitación en mi voz.

—Ah, ese es el Orloj, —me responde.

—¿El Orloj? —pregunto incrédulo mientras la sola mención del nombre refuerza cuan enigmática y misteriosa se convierte cada vez más la ciudad para mi.

—Hijo, El Orloj es el famoso reloj astrológico de Praga. Poco me puedo imaginar que algo después, todos mis presentimientos acerca de la ciudad van a hacerse realidad y que el punto de origen de todo va a ser el instrumento de medición del tiempo que tenemos frente a nosotros.

Estamos parados enfrente de dos esferas gigantes de colores lapislázuli, amarillo y oro. De inmediato, siento una atracción intensa la cual no puedo explicar. También me parece que estoy siendo observado. Por un instante, pareciera que el viejo reloj está vivo y mirándome intensamente. Mi curiosidad se incrementa cada vez más. Tengo que saber más acerca de esta máquina de calcular el tiempo que tanto me intriga. De repente, y por solo un instante, un par de niños de mi edad, vestidos con trajes en parches de colores, se asoman desde la esfera del reloj. Los números romanos que marcan las horas, son en realidad pequeñas puertas que ellos simplemente empujan para abrirlas. Los contemplo con la boca abierta pero no digo nada, ya que desaparecen de inmediato. Súbitamente, una voz con un fuerte acento nos llega tras nuestras espaldas.

Salto, tomado por sorpresa. Los tres nos volvemos espontáneamente al unísono.

—¿Profesor Cromwell-Smith?, —pregunta un hombre mayor con pelo blanco largo recogido en una colita y un flamante bigote Fumanchú.

—¿Sí? —responde mi padre con tono de voz sorprendido.

—Zbynek Kraus a su servicio, —responde el excéntrico individuo.

Mi padre sonríe efusivamente mientras le da la mano.

—Se que estábamos supuestos a encontrarnos en unos minutos, pero mientras caminaba hacia mi negocio, le reconocí aquí contemplando el viejo reloj, —balbucea en tono de disculpa.

—Victoria, Junior, el señor Kraus es un eminente anticuario, famoso mundialmente, —declara mi padre con un entusiasmo bullicioso al presentarnos.

—Bueno, no se si eminente y famoso mundialmente, pero anticuario definitivamente sí. Encantado de conocerles Señora Cromwell y a ti también joven, —dice delicadamente dándonos la mano a cada uno.

Esto ocurre antes de que mi exuberancia se apodere de la mejor parte de mi.

—Señor Kraus este reloj es mágico y lleno de misterio.

Él entrecierra los ojos al mirarme. Su ojos tienen un brillo particular.

—Al parecer el gusanillo de la curiosidad esta presente en toda la familia Cromwell, —el anticuario dice pensativo antes de continuar. —Pues bien, hay mucho que decir del viejo reloj, —dice distraído, pero todavía debatiendo consigo mismo sobre qué contar, como si presintiera algo en el futuro, algo que todavía no puede ver del todo.

—Señor Kraus, por favor cuénteme algo acerca del Orloj, —le presiono, haciendo énfasis en el nombre e interrumpiendo sus pensamientos.

El nombre de la maquina de medir el tiempo resuena y se esparce entre todos los presentes encajando perfectamente en el momento.

—Será todo un placer para mi atender a un altamente perceptivo joven explorador. Primero algo de historia: El Orloj es una maquina de medición del tiempo de la época medieval y fue puesta en operación en el año 1410, hace algo más de seis siglos atrás. El reloj calcula diferentes medidas del tiempo, —explica.

—¿Cómo cuales Señor Kraus? —pregunto con trepidación.

—El Orloj mide el tiempo de diferentes maneras. Por una parte, mide el tiempo de Bohemia, en el cual cada día empieza al atardecer; también mide el tiempo babilónico, donde los días se calculan únicamente desde la salida del sol hasta el poniente; también mide el tiempo que les toma a las estrellas moverse en relación a la rotación de nuestro planeta; mide también el día, la semana, el mes y el año en que estamos. Pero el corazón de la operación mecánica del Orloj es el astrolabio, el cual calcula la posición de los cuerpos celestes en el universo, tales como la luna, el sol y las estrellas, —de manera directa y con palabras precisas diserta el eminente anticuario checo.

Yo sigo intrigado, no del todo satisfecho. El Sr. Kraus se da cuenta y luce sorprendido. Mis padres mientras tanto están fascinados al ser testigos del animado intercambio de palabras.

—¿Qué más señor Kraus? —Pregunto finalmente con ojos llenos de intensidad.

—¿Qué quieres decir con qué más? Eso es todo, —afirma mientras entrecierra los ojos al mirarme.

—Usted solo me ha contado lo obvio. La historia tal como esta escrita. Tiene que haber algo más, lo presiento, lo puedo ver. Hay más, cuéntemelo, señor Kraus, por favor, —le suplico con ojos inocentes.

Finalmente se ríe y se rinde.

—Hay mucho más que decir acerca del Orloj, pero quizás sería mejor si vemos todo esto en mi librería, la cual está ubicada muy cerca de aquí. Me acompañan, —Nos invita con un caballeroso movimiento de bienvenida al abanicar su brazo.

—Será todo un placer, —mi padre responde lleno de excitación.

Y es así como los tres, conmigo en el medio con ambos meñiques entrelazados con cada uno de mis padres, seguimos al anticuario a través de las calles estrechas y callejones de la vieja ciudad, hacia lo que terminará siendo una de las experiencias más importantes e inolvidables de mi niñez, quizás de toda la vida.

Al caminar, cosas extrañas empiezan a suceder. Arriba y alrededor del anticuario empiezo a oír voces estridentes y carcajadas. ¿Me estaré volviendo loco? ¡Las calles de piedra y adoquines están llenas de caracteres extraños y transparentes! Cada uno parece asomarse de cada ventana o balcón. Algunos inclusive parecen estar flotando en el aire al lado de las paredes de los viejos edificios.

—Ha llegado otra calamidad, —declara un hombre viejo, sin dientes y con la ropa sucia de un pirata sin escrúpulos.

—Míralo agarradito de las manos de sus padres. ¿Qué eres, hijito de mami o de papi? —pregunta a carcajadas una mujer de mediana edad vestida como una mesonera de una taberna medieval.

—Te apuesto que es ambas cosas, —declara con desprecio y sarcasmo una mujer vestida de bruja.

Los ruidos y las burlas se siguen incrementando mientras caminamos, pero cuando me vuelvo a mirar a mi padres, es evidente que ninguno está viendo, oyendo y mucho menos experimentando lo que yo estoy viviendo.

—¿Cómo es esto posible? —mascullo para mis adentros.

El señor Kraus, por un breve instante, entrecierra los ojos al mirarme una vez más con gran intensidad. En ese momento percibo en el una leve, casi que imperceptible sonrisa.

'Sabrá lo que está pasando?' Delibero para mis adentros y una vez más decido quedarme callado.

De repente pego un brinco y mis padres giran de inmediato a ver si me pasa algo. Yo por mi parte estoy en una posición ridícula tratando de mirar sobre mi hombro. Veo a mis padres y me percato nuevamente de que no pueden ver lo que está sucediéndome. Los miro con ojos intensos, llenos de asombro, entonces, tratando de disimular, simplemente me encojo de hombros y ellos se sonríen, ¡pero yo no! Un hombre diminuto, no más grande que mi pulgar, está sentado en mi hombro ¡y no tengo ni la menor idea de cómo llego allí! Su piel es muy peculiar. Por algún motivo no puedo enfocar su imagen, así que lo describiré como a un hombre minúsculo y borroso de color amarillo lechoso.

—Erasmus estaré contigo a través de toda tu búsqueda, —me dice con una voz bajita.

—Búsqueda, ¿qué búsqueda? —pregunto mientras un asomo de premonición crece en mi. —¿Quién eres tu? —susurro y mi madre me escucha.

—¿Te pasa algo cariño? —me pregunta.

—Nada mamá, solo balbuceando, —le respondo.

El pequeño hombre se ríe a carcajadas sobre mi hombro y ninguno de mis padres parece escucharlo. Frunzo el ceño con una pregunta en mi rostro.

—Soy tu conciencia. Estaré contigo durante todas tus andanzas para mantenerte recto y en el rumbo adecuado. Ahora me tengo que ir. Pero antes de hacerlo escúchame con sumo cuidado lo que te tengo que decirte: no tengas miedo, hazle caso al buen señor Kraus, el viejo anticuario es un buen hombre, síguelo que te llevará hasta el Orloj. Después hablaremos más, —dice antes de desvanecerse en un instante y no tengo la oportunidad de hacerle pregunta alguna.

—¿Será solo mi imaginación? —pienso excitado.

De súbito los edificios de la ciudad aparecen todos llenos de caracteres extraños pero a la vez fascinantes. Están en cada esquina, piso, ventana, escaleras y hasta en mi hombro.

—Magos, una ciudad de brujos y hechiceros, —pienso en voz alta, pero se que no estoy solo ya que los mismos personajes me siguen observando y se ríen entre dientes de mis palabras, inclusive al parecer, el mismo señor Kraus.

Un rato después, cuando cruzamos desde la calle Zitna hacia un pequeño callejón, vemos su librería. El señor Kraus introduce las llaves y abre la puerta de su negocio hecha de madera y vidrio. Allí es cuando por primera vez vemos el sorprendente anuncio externo del establecimiento. Se lee: Librería de Zbynek Kraus, especializados en libros antiguos acerca de las artes oscuras y ciencias ocultas (establecido en 1993).

Al entrar, los sonidos de los extraños personajes de la calle cesan del todo y esto me deja con la gran duda de si todo ha sido una ilusión.

'¿Serán solo juegos de mi imaginación? ¿O todo es de verdad?'

El timbre de la puerta señala nuestra entrada a un nuevo mundo. Lo primero que sentimos son los aromas peculiares del lugar que se apoderan rápidamente de nosotros.

Puedo ver en las caras de mis padres que están tan sorprendidos como lo estoy yo; pareciera que no saben qué hacer, pero cuando ven mi rostro lleno de asombro, boquiabierto y sobrecogido por la emoción, ambos sonríen con caras de cómplices. Los tres seguimos diligentemente al señor Kraus, quien una vez adentro de la tienda, rápidamente se pierde vista. Sentimos un fuerte olor a incienso mezclado con un perfume dulce; el olor es tan fuerte que prevalece sobre los olores tradicionales de cuero viejo, papel antiguo y polvo. Es allí cuando vemos los pequeños letreros en las paredes de la tienda.

"Ensalmos hechos a la medida"

"Conjuros para cualquier cosa que desee"

"Podemos realizar todo hechizo que pudiera requerir"

"Sea el encanto que sea, basta que lo necesite, ¡tenga la certeza que aquí lo tenemos!"

"Brujerías, hechizos, encantos, magia negra y blanca, todo esto se practica en este lugar"

Mientras nuestros ojos se ajustan al pobre alumbrado, el enorme tamaño de la librería se hace evidente. Hay filas y filas de estanterías de madera oscura.

El señor Kraus reemerge desde la parte de atrás de la librería, vestido con una escandalosa y excéntrica capa de color azul eléctrico y un sombrero en cono caído hacia un lado, ambos están salpicados con escarcha, estrellas, rayos y relámpagos color plateado. Estoy mudo, con mi boca totalmente abierta, sintiéndome deslumbrado y súper excitado mientras recuerdo la premonición del viejo anticuario de libros de magia en Hay-on-Wye, país de Gales. Mis padres, por el contrario, parecen estar a punto de estallar en carcajadas, pero una vez más, mi expresión les hace no solamente cambiar de actitud, sino que además siguen la corriente. El señor Kraus nos sirve el té recién hecho, limonada y galletas, todo ello especial para nosotros. A seguidas, mi padre abre la parte protocolar de la reunión.

—Señor Kraus, quisiéramos expresarle nuestra eterna gratitud por dedicarnos su valioso tiempo. Mi esposa y yo le pedimos esta reunión con tanta anticipación de por medio, ya que se trata de un hito en nuestra vida familiar. Esta es la primera vez que vamos a un anticuario con Erasmus II, —declara mi padre en pleno uso de sus dotes diplomáticos.

—Es un placer para mi profesor Cromwell, su reputación le precede.

—Nuestro hijo tiene pasión por los libros y ha leído la mayoría de los clásicos para jóvenes de su edad, —declara orgullosa mi madre, quien una vez que comienza a hablar, no hay quien la pare. —Su padre creció en Hay-on-Wye rodeado de anticuarios, los libros antiguos corren en nuestra familia, —añade mi madre soñando un poco, demasiado ansiosa por impresionar al señor Kraus.

El anticuario checo me observa deleitado y finalmente, con una mirada titilante y una gran sonrisa en su rostro, me abre la puerta a su mundo mágico.

—Joven, aquí tengo para ti la introducción perfecta para lo que estas a punto de experimentar, —dice el anticuario con un tono secreto, mientras empieza a leer inspirado un pergamino amarillo.

Un mundo patas para arriba

—¡Nada funciona en este lugar! —Protesta la joven.

—Eso es obvio, pero sin embargo no es lo que piensas, —profesa su mentor.

—¿Por qué no puedo abrir puerta alguna? —ella pregunta impaciente.

—Ciérralas primero, —le responde prontamente su mentor.

—¿Y qué hay con lo de subir escaleras? —ella pregunta incrédula.

—Primero las tienes que bajar, —le confirma su mentor, mostrándole paciencia infinita.

—¿Cómo puedo hacer eso sin haberlas subido primero? —la joven pregunta totalmente ofuscada.

—Eso es algo que tienes que descubrir por ti sola.

—No puedo, estoy paralizada, —ella declara sonando un poco perturbada.

—En efecto, así es como pareces estar, —confirma el mentor con tono resignado.

—No se qué hacer, —ella declara ahora totalmente perdida.

—De hecho, saber que no sabes, es una creencia por si sola, —le explica el mentor tratándola de orientar hacia el camino de la sabiduría que es lo que realmente esta detrás de todo lo que le está sucediendo.

—Tengo hambre, —ella declara tratando de evadir su predicamento.

—Aquí, la única manera de satisfacer el hambre, es no comiendo, —clarifica su mentor una vez más, sin ninguna lógica aparente.

—¿Qué clase de lugar es este? —Ella pregunta desafiante.

—Uno donde nada es lo que parece, —responde su mentor mientras mantiene su rumbo.

—Estoy cansada de sus juegos tontos, me voy a tomar una ducha, —la joven balbucea desalentada, aun cuando trata con todas sus fuerzas de poner una cara valiente.

A seguidas tiene lugar un silencio obvio y ajeno.

—Espere un momento, ¿no me diga que para echarme una ducha simplemente no debo hacerlo primero? —masculla la joven de manera retórica con sí misma.

—La sabiduría de lo absurdo ha empezado a bendecirte mi joven aprendiz, —un aliviado mentor reconoce, ante el progreso repentino de su pupila.

—Me alegra mucho que lo vea de esa manera, porque lo que siento en estos momentos es rebeldía, sarcasmo y frustración, —se desahoga la muchacha.

—Todo lo que estás haciendo es rechazar el cambio, —le puntualiza el mentor haciendo más énfasis en el punto de discusión.

—¿Y esta conversación cómo es que está ocurriendo entonces? —Pregunta sarcásticamente la joven.

Su sordera cínica es finalmente puesta al descubierto.

—Oh, ya lo entiendo, en realidad esta conversación no está teniendo lugar, simplemente no existe, —ella dice creyendo y percatándose de ello.

—No, por el contrario, de hecho, si lo está, —le afirma el mentor corrigiéndola una vez más.

—¿Qué quieres decir? Estoy totalmente confundida, —ella alega percatándose que no sabe realmente qué hacer.

—Nuestra conversación es real, lo que pasa es que es una anti-conversación, —asevera el mentor, mientras la lección casi que inexorablemente empieza a calar en ella.

—Todo esto es muy irritante, —la joven protesta, pero ya sin convicción.

—Lo que te está enervando, es que aquí nada es como esta supuesto a ser o igual a lo que estás acostumbrada. Los cambios te hacen sentir tan incómoda que te opones a ellos, no deliberadamente sino visceralmente, —le aclara su mentor, presintiendo que finalmente tiene toda la atención de su pupila.

—Mentor, pienso que usted todavía no ha captado el hecho de que soy una persona totalmente escéptica a todo y todos por naturaleza, —expresa en desacuerdo la joven, pero con poca convicción.

—No, ese es un problema aparte. Además de miedo al cambio estás revuelta por dentro porque ves al mundo de cierta manera. Tienes un conocimiento prescrito de como funciona todo. El darte cuenta de que esa creencia es falsa te pone patas para arriba. Tus mecanismos de defensa y aun tus instintos de supervivencia, todos entran en juego y tu reacción natural es negar y rechazar todo aquello que desacredita o pone en tela de juicio tu visión de la verdad y tus valores, —añade su mentor, mientras ella asiente con la cabeza por primera vez con una expresión de acuerdo hacia sus palabras.

—¿Por qué estoy irritada entonces? —Ella pregunta ahora con genuino deseo de aprender.

—Porque te sientes incorrecta o inadecuada ante situaciones y personas, lo que te pone en una situación de inferioridad frente a las circunstancias en que te encuentras. Es así como tu reacción de disgusto o irritación no son sino un escudo protector, un mecanismo de defensa. Tus sarcasmos y escepticismo son solo reflejos de lo mal que te sientes contigo misma. Por ello, reaccionas criticando e insultando a otros; tristemente haces esto a partir de

sentimientos de inferioridad y frustración contigo misma, ya que rechazas el cambio y sobre todo el sentirte inadecuada.

Estas son las últimas palabras con las que concluye el señor Kraus su lectura.

Estoy totalmente perdido y necesito saber cómo es que el escrito se relaciona al objeto de mi curiosidad. En un instante, como si estuviera leyendo mi mente, el anticuario se abre aun más.

—Joven, lo que estas a punto de experimentar es un mundo donde todo va a estar patas para arriba; habrá momentos en que te vas a sentir inadecuado, no al nivel de la situación; todo esto va a requerir de absoluta flexibilidad de tu parte para que te adaptes a la situación y adoptes los cambios que exijan las circunstancias. Y así podrás superar cualquier cosa que se te atraviese, si no, con toda certeza vas a fracasar, —Kraus dice crípticamente.

Aun después de sus palabras, la utilidad del poema se me escapa todavía.

—Joven, citando a Maquiavelo: "Si quieres ver a la gente en su peor estado, tráele cambios". Ese será el obstáculo más difícil que tendrás por delante. ¿Dime joven, estás seguro de que el Orloj es el único de mis tesoros que quieres explorar? — Pregunta el señor Kraus, ignorando por completo mi gesto de incredulidad.

Todavía, a pesar de mis dudas y miedos crecientes, lo veo con ojos firmes y determinados que saben lo que quieren. Y al cruzarse nuestras miradas me percato, imperceptiblemente, que sus ojos lo delatan al darse cuenta de que mis deseos y planes son inquebrantables.

Mis padres y yo, como si lo estuviéramos esperando, percibimos su entusiasmo. Kraus levanta un pedazo de tela y hala una pequeña alfombra. Enfrente de nosotros está un libro gigante de un color azul que combina perfectamente con el traje del señor Kraus. Con ojos enormes y una sonrisa más amplia, todavía abre el libro con un marcador en el sitio exacto donde quiere hacerlo y allí empieza a leer con gusto.

Staromestske Namesti

La torre del ayuntamiento en la ciudad antigua de Praga luce imponente sobre la plaza Staromestske Namesti (la plaza principal de la ciudad antigua). Su reloj astrológico ha sido testigo de los altibajos en la vida y progreso de la ciudad gótica. Del otro lado de la plaza está la estatua conmemorativa del héroe nacional checo, el reformista Jan Hus, erigida después de que fuera quemado en vivo en una estaca en la ciudad de Constanza en Alemania en al año 1415. En la torre misma hay seis estatuas, tres representando virtudes humanas: la compasión, la generosidad y la humildad. Tres representando defectos: el orgullo, la envidia y la avaricia. Pero el corazón de la torre es el Orloj, con sus bellos colores azules, amarillos y dorados, así como sus enormes esferas con sus manecillas imperecederas.

Nada es lo que parece en el enorme paseo pedestre de la plaza. La leyenda cuenta que desde que 27 insurgentes incluyendo miembros de la nobleza checa, tres lores y siete caballeros además de 17 plebeyos (hombres de negocios llamados burgueses), fueron injustamente ajusticiados en Staromestske Namesti (la plaza principal de la ciudad antigua) en el año 1620, por rebelarse en contra del rey Ferdinand II de la casa real de los Habsburgo, cosas extrañas empezaron a ocurrir en la plaza con el Orloj.

Primero con las estatuas, y aun cuando nunca nadie lo ha visto, la creencia es que a horas avanzadas de la noche y bajo circunstancias muy peculiares, todas las estatuas cobran vida. Luego está el Orloj por sí mismo con su Astrolabio, el cual se cree que es una puerta a un mundo secreto; también se rumorea que las manecillas del reloj se tornan humanas y se unen a las estatuas en la plaza. Finalmente, hay una fábula inmortal acerca de una fraternidad de inquietos e inmaduros aprendices de mago, vestidos como arlequines, que entran y salen de la máquina de medición exacta del tiempo en las horas tardías de la noche.

El señor Kraus para de leer, mientras me mira con ojos entrecerrados y labios que lucen intensos al estar herméticamente apretados. Por mi parte, me sostienen los brazos de mis padres, pero mi rostro permanece determinado a saberlo todo y por eso lo miro.

'Quiero más', es el mensaje subliminal que le transmito.

—Joven, profesor, señora Cromwell aquí es donde la historia termina para la mayoría de los mortales. Lo próximo que suceda, depende enteramente si la imaginación de nuestro inquisitivo joven lo puede llevar o no al mundo de los magos aprendices. Solo aquellos pocos elegidos que caen bajo el embrujo del Orloj logran acceso a el, —añade el anticuario checo como en un estado de trance. —Mi percepción desde el primer momento, al ver como tu tremendo interés y curiosidad se convirtieron rápidamente en fascinación y en casi que una obsesión, fue que sin darte cuenta ibas a caer, como en efecto ocurrió, bajo su encanto, —declara el anticuario en palabras que no entiendo del todo.

Mis padres y yo le miramos intrigados.

De repente me siento mareado como si estuviera a punto de perder el conocimiento.

—Adelante, empuja la puerta, —me dice el anticuario enigmáticamente.

A seguidas, mis padres y el anticuario se ponen borrosos y sus imágenes rápidamente empiezan a desaparecer. En la distancia todavía puedo oír la voz de Kraus.

—Joven Erasmus, debes estar ahora adentro del Orloj, —añade sin que tenga sentido alguno para mi. Pero allí es cuando en un vacío en el espacio y el tiempo, la magia finalmente tiene lugar.

Capítulo 3

El Orloj

Me encuentro solo en una pasarela estrecha suspendida solo por cables. Estoy justo detrás de las esferas azules, una arriba de la otra y rodeado por los mecanismos de relojería, hechos de madera, del reloj gigante. El tic tac me ensordece de lo fuerte que es. No tengo ni idea de cómo llegué aquí. Sin pensarlo, hago exactamente lo que el viejo anticuario me ordenó.

Exactamente a las tres de la mañana, en la esfera del Astrolabio, alguien empuja una pequeña puerta hacia delante y toda la actividad en la plaza cesa de inmediato. Las sorprendidas figuras burlescas voltean en la dirección del viejo reloj; después de todo, en su mundo, no es frecuente darle la bienvenida a un nuevo huésped.

Asomo el cuello y doy un primer vistazo afuera de las esferas. Lo que descubro me deslumbra totalmente. Staromestske Namesti (la plaza principal de la ciudad antigua) está llena de arlequines de colores vivos que se divierten realizando todo tipo de piruetas acrobáticas. Como espectador puedo ver a seis estatuas que se mueven como si estuvieran vivas, mientras lo observan todo. Asimismo, veo a un par de manecillas de reloj, una más alta que la otra, totalmente ensimismadas en una animada conversación entre ellas. El piso de piedras y adoquines está iluminado con rayos de luz en colores pasteles vivos, lo cual a primera impresión luce como una escena extraída de una pieza surrealista de otra época.

Mientras mi vista se ajusta a las luces intensas, me doy cuenta de que al percatarse de mi aparición todos me están observando. Pero aún más sorprendente, es que me doy cuenta de que los arlequines son niños de mi misma edad. Rápidamente cuento cinco de ellos apoyados el uno en el otro, unos de pie, otros con una rodilla en el piso, actuando como un grupo de viejos amigos.

Al empujar la puertita de la esfera aun más, veo un andamio justo afuera de la misma que está apoyado en el Orloj. Aun impresionado, continúo moviéndome hacia afuera como empujado por una fuerza ajena a mi. Al salir del Orloj y plantarme en la endeble plataforma puedo contemplar a la pequeña muchedumbre que me mira, escudriñándome, todos reunidos unos tres metros por debajo de mi.

'¿Dónde están mis padres y el señor Kraus? ¿Cómo puede ser de noche, si apenas son las doce del mediodía?' Me pregunto en voz alta y lleno de angustia.

—Cuando su alteza real se digne, por favor dispénsenos el honor de bajar del andamio, —declara con sarcasmo un joven arlequín de color amarillo y origen asiático.

Se me hace difícil distinguir si es hombre o mujer.

—¿Qué estás esperando? —Arenguea de manera más directa un arlequín de color naranja, con piel bronceada y ojos intensos.

Pero estoy a punto de llevarme otra gran sorpresa cuando extiendo el brazo para agarrar la baranda y descender por la escalera del andamio: mis ropas son exactamente iguales a las de los cinco arlequines, soy uno de ellos, un mimo vestido en colores azules y blancos. Un simple bufón de la corte en las calles de Praga.

Apenas pongo los pies en el suelo de piedra de la plaza, mis compañeros me saltan encima. Por un instante me siento como el adulto de la película rodeado por una prole que se comporta como si no tuvieran más de cinco años de edad. Traviesos y fuera de control, como jugando en un parque de diversiones para ellos solos.

—Bienvenido Erasmus, hemos estado esperando por ti para completar el equipo de aprendices, —dice un arlequín que parece venir del medio oriente, con ojos verdes y un traje del mismo color.

—¿Equipo de aprendices de qué? —pregunto con trepidación.

—Okey, ¿por qué no se lo toman con más calma compañeros?, ¿acaso ustedes no estaban igualmente perdidos cuando llegaron? —Pregunta una arlequín pelirroja y pecosa, con ropas del mismo color, pidiéndole a los otros que contengan su impulsividad. —Todos estamos en la misma situación, ella continúa tratando de responder mi pregunta.

—Pero yo no pedí estar aquí y mucho menos estar vestido de arlequín, —protesto con fuerza.

—Por supuesto que lo pediste, todos vimos las imágenes en la esfera del Orloj, literalmente pusiste al señor Kraus entre la espada y la pared, fuiste implacable en tus deseos, —intercede una niña arlequín de piel color ébano y un traje en cuadros blancos y negros.

—Pero… —Empiezo a argumentar y me interrumpe de inmediato.

—Nada de peros, tu invocaste al Orloj y aquí estas, tu deseo fue concedido.

—¿Qué es todo esto? Hace unos momentos estaba con el señor Kraus en su librería de libros antiguos y además era el mediodía, —mascullo con una voz un poco perdida.

—Bueno, la realidad es que estás aquí ahora, así que saca lo mejor de la situación, —ella responde con sabiduría.

"Vas a requerir de flexibilidad absoluta para adaptarte y aceptar el cambio, si no es así vas a fracasar". Recuerdo de repente las palabras del señor Kraus, las cuales finalmente empiezan a calar en mi.

Por un instante, mientras nos observamos, surge un silencio. Mi ojos continúan denotando un signo grande de interrogación, pero no quiero decir nada más y hacer de nuevo el ridículo. Pero la arlequín pelirroja me lee la mente con precisión.

—¿Qué quieres saber? —Me pregunta.

—¿Qué es este lugar?

—En este momento estamos en un mundo que es una realidad alterna, —ella responde.

Aun cuando todavía no tengo ni idea de lo que me está hablando, antes de irme de bruces permanezco callado, con la firme intención de entender dónde estoy parado.

—En las circunstancias presentes, para tus padres y el señor Kraus, el tiempo está transcurriendo a un ritmo distinto al tuyo y el nuestro, para el momento en que regreses en poco menos de un día, para ellos solo habrán transcurrido unos pocos segundos. Así que tu ausencia no va a ser notada. Sin embargo, tus padres y Kraus van a tener una idea vaga y borrosa de dónde has estado y qué te ha sucedido. Así que tendrás muy poco que explicarles, —ella añade.

La angustia se empieza a disipar y es reemplazada poco a poco por una sensación de emoción y curiosidad.

—La ciudad de Praga es una ciudad de hechiceros. De hecho, en el mundo de las artes ocultas es conocida como el centro de brujería del mundo. Densamente habitada por magos, hechiceros, adivinos y brujos de todo tipo. Muchos persiguen el bien, pero otros están detrás del mal, —continua la arlequín pelirroja.

Una voz de trueno repentina ensordece a todos y cancela todo movimiento y actividad a su alrededor.

—Joven Erasmus, a los efectos de comenzar la búsqueda, los otros cinco arlequines y yo hemos estado esperando por ti, —declara El Orloj, mientras cada quien en la plaza voltea en dirección del inmenso reloj parlante.

—Tu misión, como la de tus compañeros, es encontrar el túnel que va por debajo del rio Vlatva hacia el Hradcany Castle (El castillo de Praga), en él yacen sus credenciales para convertirse oficialmente en aprendices de mago, —continúa el viejo reloj mientras todos le escuchan con absoluta concentración. —Ustedes deben encontrar seis pistas, sin ningún orden en particular; estarán esparcidas a través de la ciudad, en los lugares menos sospechados y ellas serán indispensables para poder cruzar el túnel hacia el castillo. Se harán merecedores de cada pista, una vez que hayan aprendido lo suficiente acerca de las virtudes humanas de la compasión, la generosidad y la humildad, y cuando hayan comprendido bien y experimentado en carne propia los aberrantes defectos humanos del orgullo, la envidia y la avaricia. Las seis estatuas diariamente, en la realidad mundana, adornan la torre donde yo resido. En este mundo alterno residen en otros lugares de la ciudad. Tres de ellas representan alguna de las virtudes que están tratando de aprender y las otras tres representan alguno de los defectos que quieren evitar en la vida. Mis estatuas son difíciles de encontrar o detectar, ya que ellas se transforman de acuerdo a las circunstancias o reaccionan de acuerdo a quien se les aproxime. Su ocupación preferida es ser anticuarios, pero pueden volverse limosneros, artistas de la calle o casi cualquier persona con quien ustedes se puedan encontrar en Praga. Tres de ellas son sinceras y humildes pero precisas y muy exigentes. Las otras tres pueden ser engañosamente amistosas, de caracteres superficial y aparentemente graciosas, inclusive algunas veces se disfrazan como estatuas de la virtud, pero siempre son peligrosas y dañinas. Las estatuas les proveerán pistas, si se las merecen, que les serán necesarias para llegar al castillo de Hradcany. Este mundo alterno solo existirá para ustedes por las próximas veinticuatro horas, al cabo de las cuales, reasumirán sus vidas normales, comunes y corrientes. Aprovechen cada minutos que estén aquí, porque si se ganan el derecho a regresar, será solo una vez por año, en diferentes ciudades en Europa, siempre en el aniversario de la muerte de los mártires de esta plaza. Recuerden que nada es lo que parece a su alrededor. Las seis estatuas, entre otras, les van a guiar más cerca o lejos de las pistas que están buscando. De todas maneras, para que progresen y avancen, van a tener que conocerlas a cada una en persona a los efectos de aprender las lecciones de vida que poseen y para que les den las pistas que necesitan para cruzar el túnel. Mis dos hijos, —las dos manecillas del reloj— van a estar con ustedes a través de todo el camino, llámenlos cada vez que los necesiten. Cuando hayan acumulado dos pistas se habrán ganado el derecho de venir a verme en la búsqueda de mayor orientación y sabiduría. Rara vez me muevo de aquí. Mis aposentos en la torre son lo suficientemente cálidos y cómodos como para no desear salir mucho. Mi edad y peso también juegan un papel en ello. Sin embargo, me movilizo con rapidez cuando la situación lo requiere, pero ustedes no me deben querer ni remotamente cerca, porque cuando yo me hago presente, ruedan cabezas y se tendrán que atener a las consecuencias, —dice El Orloj mientras se ríe con una poderosa y sonora carcajada. —Joven Erasmus, eres conjuntamente con tus compañeros, parte de un pequeño grupo de jóvenes que ha logrado llegar a mi. Pero, es importante que entiendas que el hecho de que estés aquí, aun cuando es un privilegio, no significa nada de por si, porque tanto tus compañeros como tu están empezando desde cero y esta no va a ser una faena fácil. Encontrarás peligro en cada instancia y a lo largo del camino, tu valentía, persistencia e imaginación van a ser puestas a prueba. Así mismo, la tentación te va a invitar con brazos abiertos, con el solo objetivo de atraparte y hacerte fracasar, —me dice El Orloj, aun cuando en realidad nos esta hablando a todos, pero urgiendo cautela en mi. —Pero quizás la más importante de las amenazas con la que te vas a encontrar será entre tus compañeros mismos, ya que sus impulsos y los tuyos por querer divertirse y disfrutar en todo momento como muchachos, que al fin y al cabo son, podrían resultar en malas decisiones o errores serios que causarían la expulsión de uno o todos ustedes. Disfruten cada minuto de la búsqueda, pero pongan topes y límites que establezcan claramente cuales líneas no van a cruzar. El objetivo nunca se debe perder de vista, cual es el obtener las credenciales como aprendiz de mago. Adicionalmente, siempre tengan en cuenta que esta ciudad es mejor contemplarla desde arriba, — añade el viejo reloj.

Después de una pausa, continúa:

—Hablemos ahora de sus poderes. Cada vez que entren a este mundo alterno, como lo acaban de hacer, todos ustedes estarán en posesión de una serie de poderes mágicos, pero dependerá exclusivamente de cada uno averiguar cuales son y hacer buen uso de ellos. El número de poderes aumentará en la medida que aprendan cada virtud o defecto y descubran más pistas, aunque disminuirán cada vez que las utilicen inapropiadamente. Cada vez que regresen a este mundo alterno tendrán los mismos poderes que tenían al partir, —continúa en su monólogo. —Por otra parte, tienen que prestarle atención a los letreros y símbolos que van a encontrar en el camino, todos van a tener un gran valor y significado en su viaje de descubrimiento. En particular, tengan cuidado con las luces del norte y las tormentas cósmicas, porque cuando estas se hacen presentes significa que problemas serios se avecinan o yacen adelante del camino. En cuanto a sus trajes de arlequín, estos desaparecerán cuando estén trabajando genuinamente en las tres virtudes o los tres defectos y con cualquiera de las seis estatuas. De no ser así, eso es lo que ustedes son mientras estén aquí, arlequines. Sus ropas están hechas para que todo el mundo se de cuenta de quienes son y así se aparten de su camino y no sean un obstáculo en su búsqueda, ya que saben que son aprendices de mago, —declara el viejo reloj listo para terminar su lección. —Esto no significa que están exonerados de cumplir con la ley. Si la rompen sufrirán las consecuencias tal como todos los demás. Finalmente, tengan cuidado con las gárgolas. Son estatuas maléficas que deambulan y merodean por los techos de Praga en la noche. Algunas lucen como espíritus amenazantes y mal intencionados y otras toman la forma de pequeños dragones o Mefistófeles en persona. Los van a estar siguiendo y haciéndoles sombra en todo momento, saltando de tejado en tejado; listas para atacar cuando vean cualquier tipo de debilidad en ustedes. Les va a ser difícil identificarlas ya que se mudarán de cuerpo y usarán diferentes tipos de acercamientos, tratando de pervertir o engañar a cualquiera de ustedes para que hagan cosas malas o ilegales, cometiendo faltas, errores de juicio o inclusive tratando de descorazonarles para que abandonen su búsqueda. Aun cuando no pueden hacerles daño físico, su único propósito y objetivo es hacer que fracasen. Tienen veinticuatro horas que comienzan ahora mismo, —anuncia el Orloj antes de irse a hibernar nuevamente.

La Búsqueda

El inmenso lugar de repente se siente vacío sin la imponente personalidad ni la voz de trueno y la intensa energía del reloj viviente. Pero en la medida que los sonidos de la noche se hacen presentes de nuevo en la gran ciudad, todos ellos, poco a poco, captan nuestra atención. Oímos campanitas repicar intermitentemente desde algún lugar cercano, silbidos de viento pitando, zumbidos de alitas que van y vienen, batiendo furiosamente. Se percibe un aroma fuerte de incienso por todos lados, ecos de carcajadas a todo dar resonando por toda la plaza seguidos de otros en coro. Desde el lado opuesto oímos la voz estridente de un viejo con una enorme barba blanca y vestido con una toga sumamente larga, que balbucea un dialecto inentendible en una animada conversación con un grupo de individuos similares en edad y vestimenta. El viejo habla con un tono sarcástico como si sus dientes estuvieran fusionados totalmente. De repente, vemos a un grupo de muchachas jóvenes vestidas con trajes de la época Victoriana discutiendo al caminar mientras llegan a la plaza; la discusión es caldeada y en otro lenguaje del que no se entiende nada. Nos ciegan pequeños rayos de color amarillo intenso y muy brillante que saltan de sus dedos al hablar. Con voces casi que a gritos discuten entre ellas acaloradamente y sin parar, completamente ajenas de que o a quienes tienen a su alrededor. En ese momento vemos una criatura volante que nos da vueltas con nerviosismo. Usa un sombrero de chistera increíblemente alto doblado en uno de sus lados, demostrando cierto abandono, un palto levita de colores opacos, en contraste con un chaleco brillante a rayas y su cara es sumamente alargada y su nariz más aún. Su escasa barba y bigote de color pelirrojo bordean en lo ridículo. Flotando en frente nuestro, nos observa a cada uno en detalle con una mirada intensa y fija, pero con ojos llenos que parecen no esperar nada bueno de nosotros.

—¡Otra manada de novatos! —Exclama en una voz alta antes de irse volando en un instante.

Aturdidos y un poco intimidados, nos observamos, dando círculos alrededor de uno y otro. Y aunque nadie lo ha dicho todavía, el hecho es que ninguno de nosotros sabe qué es lo que está pasando y mucho menos cual va a ser nuestro próximo paso.

—¡Saltamontes embrujados! —balbuceo impulsivamente y los demás asienten con gracia, pero con las mismas caras de asustado como la que tengo yo.

—¿Cuándo llegaron ustedes aquí? —pregunto tratando de romper el hielo.

—Llegamos no más de una hora antes que tu, todos somos novatos. Tu fuiste el último en llegar, —la pelirroja pecosa me contesta.

—Por cierto, me llamo Erasmus, pero me pueden llamar Blunt. Soy de Boston, USA, pero en este momento vivo en el país de Gales.

—Soy Sofía, aquí me llamo Reddish, vengo de Barcelona, España.

—Sanjiv, llámenme Firee, soy de Mumbay, India.

—Mi nombre es Sang-Chang! Aquí seré Breezie. Vengo de Shanghái, China.

—En casa me llaman Winnie, pero aquí me pueden llamar Checkered, soy de Pretoria, Sur-África.

—Me llamo Carole, pero llámenme Greenie si no les molesta. Vengo de Beirut, Líbano.

—¿Se han dado cuenta de que somos el mismo numero de participantes que estatuas hay? —pregunto yo, pero las miradas de incredulidad de los demás demuestran que no tienen ni idea todavía de lo que estoy hablando, así que ninguna respuesta es necesaria. —Además, las estatuas y las manecillas del Orloj se han ido, —digo señalando hacia la torre del reloj, sin esperar respuesta tampoco.

—Todas ellas estaban en la plaza cuando llegaste, —dice Firee con una cara intrigada.

—Eso es precisamente lo que dijo el Orloj, que en este mundo alterno ellas se vuelven seres humanos y es nuestra misión encontrarlas. ¿Por qué no nos ponemos en movimientos entonces? —Pregunto yo.

—¿Qué estamos supuestos a hacer ahora? —Pregunta Reddish.

—¿Qué tal si nos subimos a los tejados? —Pregunta Breezie.

—Sí, eso es lo que el viejo reloj dijo, que la ciudad se puede ver mejor desde arriba, —dice Checkered recordando.

—Bueno, aquí en la plaza tenemos un palacio pequeño y una catedral, vamos a chequear cual de los dos techos es el más fácil de subir, —propongo, tomando la iniciativa.

Caminamos deambulando y titubeantes en la dirección de las dos edificaciones.

—¿No tienen ustedes la sensación de que estamos siendo vigilados? —Pregunta Greenie.

Sigilosamente, las gárgolas se mueven a través de las sombras de la noche. Guindando agazapadas en las cornisas, platabandas, bordes, balcones, vertical como horizontalmente. Siguen y vigilan cada paso de los jóvenes arlequines que quieren convertirse en aprendices de mago. Y aun cuando pueden esconder sus formas y figuras con facilidad, sus ojos las delatan pues son intensas luces diabólicas. Par de irises de color rojo oscuro, verdes o amarillos que contemplan a sus presas sin una gota de buenas intenciones.

Ninguno de nosotros contesta la pregunta ya que todos tenemos las mismas angustias y miedos.

La bella arquitectura parece amenazante. Predeciblemente, la vemos mientras paseamos nuestras vistas sobre el perfil de la ciudad, sus techos y capiteles, pero solo cuando movemos la cabeza y mirada rápidamente hacia los lados. Allí están, cientos de pares de ojos mirándonos a través de la oscuridad de la noche en la ciudad de los magos.

Todos nos detenemos en seco y nos miramos el uno al otro al darnos cuenta cómo nos observan. Una vez más, uno de nosotros trata de distraer la situación cambiando el tema.

—Blunt, creo que el Orloj es solo un gnomo sin buenas intenciones, —especula Firee.

—En este momento no se qué creer, sigamos hacia adelante y pronto lo sabremos, —le respondo.

Cuando empezamos a caminar, veo las sombras por primera vez.

—Miren hacia arriba, —pido a todos señalando el tejado de un edificio no muy alto en el perímetro de la plaza.

Dando pequeños saltos, titubeantes, vemos a las sombras moverse. Ahora parecen una procesión sobre el techo de la catedral. Entonces, la primera gárgola aprieta sus brazos y los coloca bien pegados a los lados de su cuerpo y simplemente salta al vacío. Todas las sombras la siguen y una tras otra hace lo mismo.

—¿Qué están haciendo? —Pregunta Reddish.

—Lo mejor que podemos hacer es ir a averiguarlo, —le respondo.

—Todos ustedes pueden subir por cualquier pared como si fueran arañas, —de repente me informa mi conciencia pulgarcito susurrándome desde mi hombro. Pero cuando me vuelvo a ver su cara de acertijo ya se ha esfumado de nuevo.

Totalmente frustrado, me apoyo en el poste de un farol de calle y mi traje de arlequín se queda pegado a él. Cuanto trato de despegarme, pasa lo mismo con mi mano y pie derecho. Intuitivamente, empiezo a subir y bajar el poste hasta que finalmente me despego con solo pensar en ello.

Mientras tanto, los sonidos de la ciudad embrujada siguen resonando a través de nuestros oídos hipersensibilizados. Usando nuestro poder arácnido escalamos las paredes en un tris hasta el techo de la catedral desde donde podemos ver a la ciudad entera bajo una luna llena, aunque las sombras han desaparecido. Al principio lo único que oímos son gruñidos, hasta que los vemos: es el mismo grupo de viejos con túnicas largas e inmensas barbas blancas que todavía discuten tal como los viéramos la primera vez en la plaza. Al igual que antes, la discusión es animada, pero al vernos, paran de hablar de inmediato y se marchan abruptamente, apurados por irse. Los seguimos, pero se desplazan aun más rápido hasta el borde del tejado, hasta que se vuelven una vez más, se miran unos a los otros con caras de interrogante y resignados se encojen de hombros para simplemente irse volando. Con la excepción de uno de ellos que se queda por solo una fracción de segundo más y mientras se prepara a volar, yo reacciono sin pensar.

—Espere, espere no se vaya todavía, tengo que preguntarle algo, —le digo tratando de recuperar mi aliento mientras me le aproximo apurado.

El viejo con la enorme barba blanca se voltea y me observa con ojos intensos, tiene una expresión desdeñosa y no parece sentirse nada cómodo al contemplar a quien ha interrumpido el ritual que estaba llevando acabo con sus compañeros.

—Señor, quizás usted nos pueda ayudar, —le suplico, reconociéndole de cerca como el líder del grupo que estaba discutiendo en la plaza.

'Como que discutir es un hábito entre este grupo de viejos' reflexiono.

No hay respuesta de parte del viejo, parece estar dudando mientras me mira y sus ojos se mueven en ambas direcciones. De repente se encoje de hombros y con un movimiento en abanico de su brazo, nos invita a seguirle hacia la parte de arriba del techo inclinado de la catedral. Todos le seguimos pegando pequeños brincos a cada paso. Le vemos acercarse a una torre delgada y muy alta donde toca con la palma de su mano la superficie de la pared hecha de ladrillos de color amarillo ocre y en un instante aparece de la nada una puerta de madera. Arriba de ella hay un letrero. Cuando lo alcanzamos nos damos cuenta de que estamos vestidos con nuestras ropas de calle.

"Sus ropas de arlequín desaparecerán cuando estén trabajando genuinamente en las tres virtudes o defectos, con una de las seis estatuas". Recuerdo de repente las palabras del Orloj mientras me enfoco en el letrero del extrañamente localizado establecimiento que tenemos enfrente de nosotros. El letrero dice:

Cornelius Tetragor, libros antiguos
para el alma y el espíritu
(establecido hace mucho, muchísimo tiempo atrás).

Siguiéndole, entramos a un lugar cilíndrico y estrecho. Miles de libros están a la vista en estanterías con varios pisos de altura que llenan las paredes redondas de la torre. Un par de escaleras de madera saltan a la vista por lo angostas y extremadamente largas que son.

—¿Podemos asumir que usted es el señor Tetragor? — Reddish pregunta con dicción pomposa.

Él responde de manera casi imperceptible, apenas asintiendo con su cabeza.

—Estamos buscando a alguna de las seis estatuas, —le digo.

—En efecto, soy Cornelius Tetragor y no tengo nada que ocultar. Soy también una de las seis estatuas y de hecho poseo una de las pistas que necesitan. Si ustedes demuestran que han aprendido la virtud que represento, entonces se marcharán de este lugar, hablando figurativamente, con una de las pistas en la mano. Pero si no lograran demostrar que realmente entienden esta virtud lo suficiente, tendrán que regresar después que estén en posesión de las otras cinco pistas.

El señor Tetragor, sin decir otra palabra, empieza a subir las escaleras y llega tan alto que apenas parece un punto pequeño arriba en las alturas de su tienda tan peculiar. Entonces, desciende a toda velocidad con sus manos y pies deslizándose a través de los lados de la escalera. Todos estamos fascinados con la faena aunque dura poco ya que el señor Tetragor trae un rostro solemne cuando llega a nuestro nivel y camina hacia nosotros con un libro en la mano.

—Esta es una fábula que les va a servir de maravilla para lo que quieren aprender. Permítanme leérselas, —dice mientras ajusta una lámpara de bronce polvorienta y vieja, se sienta en un enorme y desgastado sofá y empieza a leer con gusto.

El mozalbete y el león

A lo largo del rio Zabezi camina,
el mozalbete de Zimbawe.
El repentino rugido lo paraliza del miedo.
Desde su espalda el poderoso león
tiene a su presa exactamente donde la quiere.
Un segundo rugido ocurre,
es más calmado y deliberado,
como es cámara lenta.
Kunte percibe al león, la tensión crece,
'Está listo para atacar', piensa para sus adentros
Kunte se vuelve lo suficiente para ver
la mirada feroz del rey de la selva.
Es en ese preciso momento
que las palabras de Yeti,
el brujo de la tribu,
tienen su efecto.

"Kunte, la clave para establecer una relación
con las bestias salvajes
es controlar tus miedos y demostrar humildad."

Mientras mira al león,
el joven lentamente inclina su cabeza,
ofreciéndole sus más profundos respetos.
El efecto es inmediato,
el león parece relajarse.

A seguidas y para gran sorpresa de Kunte,
sin quitarle la vista al mozalbete,
la magnífica bestia

se acuesta con toda comodidad en el piso.
Habiendo escuchado los rugidos,
Yete se teme lo peor,
así que corre desesperado a través de la selva,
en busca de su adorado pupilo.
Al acercarse al rio
allí los ve en la distancia,
mirándose el uno al otro,
el mozalbete y el león.

La bestia inmediatamente siente la presencia de Yeti
y se vuelve hacia él.
Los ojos frenéticos de miedo del hechicero
se cruzan con los ojos calmos del poderoso animal.
El león se pone tenso y se levanta.
Un rugido aterrorizante tiene lugar.

Yeti se detiene en seco
y se prepara para lo peor,
ya que está en la mira del animal salvaje.
Allí es cuando algo extraordinario y hasta mágico ocurre.

Kunte da un paso hacia adelante
y el león inmediatamente se vuelve hacia él.
El lenguaje del cuerpo del león denota
que esta a punto de rugir con toda su fuerza,
su cabeza y mandíbula se mueven de acuerdo a ello,
pero ningún sonido emana del león.

Con su cabeza todavía inclinada
y su brazo extendido
como tratando de alcanzar algo,

Kunte continúa acercándose paso a paso
al poderoso rey de la selva.

Yeti, el viejo hechicero,
está sobrecogido de la emoción
y un par de lágrimas corren por sus mejillas,
mientras ve con asombro,
como Kunte, solo un mozalbete,
primero acaricia,
luego abraza
y finalmente besa
al bello y magnifico león,
Rey de la Selva.

—Jóvenes aprendices, ¿qué demostró Kunte para ganarse la aceptación y finalmente el corazón del león? —pregunta Cornelius Tetragor.

—No tuvo miedo, —afirma Reddish.

—Se sentía confiado y seguro de sí mismo, —dice Firee,

—Actuó con moderación y creó un lazo con la bestia, —razona Checkered.

—Fue humilde, —dice Greenie.

—No fue pretencioso, —declara Breezie.

—Actuó con modestia, —afirmo yo.

—Todo esto es cierto, ya que demostró coraje sin tener miedo, absoluta confianza en sí mismo y profunda humildad. Pero hay otra lección crucial e imperecedera en esta fábula. Lo que realmente cautivó al león, causando y generando su comportamiento, fue la demostración por parte de Kunte de un absoluto e inmenso respeto por el rey de la selva, —aclara con sabiduría Cornelius. —Jóvenes aprendices, es evidente que la humildad es inducida por el valor y la confianza en nosotros mismos, pero nuestro respeto por los demás precede a ambos ya que en él yace la génesis donde nace la modestia. Sin ese respeto nuestra humildad carece de resonancia en aquellos a quienes se la profesamos, —concluye con sabiduría imperecedera, Cornelius Tetragor.

Todos permanecemos sentados alrededor del viejo con la gigante barba blanca y vestido con una toga más larga aún. Finalmente, le vemos una leve sonrisa que pareciera indicar satisfacción. Nuevamente, con un movimiento en arco de su brazo, en un instante estamos de vuelta en el techo inclinado de la catedral. Excepto por un sobre que estoy sosteniendo en mi mano, no hay rastro de Cornelius Tetragor. Lo que está escrito en el sobre es la palabra Humildad y todos saltamos de alegría a celebrar nuestra primera pista.

Sin embargo, apenas termino de leer lo que dice la carátula del sobre, mi conciencia está de vuelta, sentada sobre mi hombro.

—No lo debes abrir ahora, —el hombre diminuto, a quien de ahora en adelante llamaremos Thumbpee, me aconseja.

—¿Por qué? —pregunto.

—Porque revelar las pistas resulta mejor cuando se hace en pares, eso les dijo el Orloj ¿no recuerdan?, —dice tratando de hacernos recordar. —En este caso con el defecto opuesto a la humildad que es el orgullo, —continua Thumbpee.

—Y si le pedimos consejo al Orloj, —pregunta Greenie.

—Igual, mucho mejor cuando se tienen dos pistas en la mano, así les va a poder ayudar mucho más aun, —Thumbpee responde.

—¿Cuál es nuestro nuevo poder? —pregunta Breezie.

—De ahora en adelante podrán caminar sobre fuego y hielo. Pero ahora es mejor que se pongan en marcha. La noche es corta y el tiempo pasa, —anuncia Thumbpee al desvanecerse en un santiamén, una vez más.

—Okey, vamos, —anuncio.

Y para nuestra sorpresa, todos estamos de vuelta en nuestros trajes de calle.

Moviéndonos con agilidad y precisión alcanzamos los dos capiteles ubicados en el tope del techo. En algunos edificios más adelante podemos ver nuevamente las sombras que siguen brincando para después saltar al vacío.

—Blunt, algunas de esas sombras llegan volando, ¡mira! —Dice Greenie.

—Pero muchas otras llegan saltando de un edificio a otro, ¡miren! —Nos hace notar Firee. —Usan los capiteles como catapultas para saltar, —observa y añade Firee.

Todos vemos como una sombra se apoya en un capitel y lo empuja hacia atrás con la espalda. Y de repente sentimos el latigazo del capitel regresando al actuar como un resorte, enviando a la sombra a volar por los aires hacia los techos vecinos. Mientras observamos el perfil nocturno de la ciudad, podemos ver cientos de sombras saltando de techo en techo de la misma manera.

Al principio, tentativamente empujo un capitel con mi mano. Siendo muchachos, al fin todos vamos tras la diversión. Entonces, en el techo más cercano, empujo el capitel una vez más, pero esta vez con mi espalda, y sin importar las consecuencias me dejo ir.

Súbitamente, salgo propulsado hacia el cielo con una fuerza tremenda. Grito y suelto una carcajada de puro placer hasta que pierdo impulso y, aun cuando sigo moviéndome hacia adelante, la caída es precipitosa, ganando segundo a segundo más y más velocidad inducida por la gravedad. Ahora grito de nuevo, pero en pánico, mientras el techo vecino se acerca a toda velocidad. Me preparo para el impacto, pero fracciones de segundo antes y solo unas pulgadas antes de estrellarme en contra del tejado, la velocidad desaparece y aterrizo suavemente, simplemente plantando mis pies en la superficie.

—¡Sí! —Grito a todo pulmón mientras indico con mi brazo a los otros que me sigan.

Solo toma unos minutos para que los seis nos volvamos arlequines salta tejados, de los que están locos de remate. Reddish, por ejemplo, no atina su punto de aterrizaje, solo logra asirse a un capitel, lo cual la salva de irse al precipicio del otro lado del tejado. Breezie parece flotar con el viento mientras vuela mucho más allá del borde del techo que era su blanco y desaparece cayendo al vacío de la noche y después de haber estado gateando las paredes del edificio hacia arriba, reaparece explicando que le tomó varios segundos de terror absoluto darse cuenta de que tenía dedos pegajosos que se adhieren a todo. Esto lo hizo cuando estaba a medio camino de su caída. Greenie, por su parte, cae sobre un techo de vidrio que se rompe por el impacto, pero ella se recupera de la misma manera que Breezie. Lamentablemente, demasiado pronto para nuestro gusto, el saltar de techo a techo se acaba.

—Ya esta bueno, ahora vamos tras las sombras, —ordena Reddish.

Nos ponemos en movimiento con facilidad a través de los tejados en dirección del último lugar donde vimos a las sombras saltar. Una vez allí, exploramos el lugar y sus alrededores. Débil y tenuemente, directo debajo de nosotros, podemos oír voces y música de lo que suena como una fiesta.

—¿Qué es eso? —Pregunta Breezie señalando al piso.

—Parece una pañoleta, —responde Greenie.

—Seda pura, —dice Reddish mientras la acaricia con sus mejillas.

—¿Adonde estarán saltando? —No hay cornisa alguna por aquí, es solo un techo gigante, —dice Firee.

—Así es, ¡un techo de ciudad común, corriente y vacío!, —dice Checkered, —pero lleno de capiteles, —añade.

En el momento que ella dice la palabra, todos nos miramos entre si. Camino hacia el sitio donde encontramos la pañoleta, me doy cuenta de que es el sitio exacto donde las sombras estaban saltando anteriormente y mientras todos miran expectantes empujo el capitel que está justo al lado. En un instante, aparece un hueco negro en frente nuestro que está lleno de lo que parecen ser corrientes eléctricas echando chispas; tienen colores purpura, azul, blancos y amarillos. No nos toma nada de tiempo decidirnos, ni lo pensamos mucho tampoco y uno tras otro saltamos imitando a las sombras, con nuestros brazos pegados y apretados a nuestros cuerpos. Caemos al vacío y una nueva aventura da comienzo.

Capítulo 4

El Bufón

Al principio, no puedo ver nada, lo único que se, es que estoy cayendo en cámara lenta. Mientras más bajo empiezo a ver un destello al fondo de todo. El brillo aumenta en intensidad hasta que me veo descendiendo en un salón ruidoso grande en tamaño y altura. Tiene la apariencia de una taberna de cerveza de la región alemana de Bavaria, pero sin la bebida misma, ya que los letreros anuncian claramente que no se vende alcohol en el recinto, sino solo pociones mágicas, más de 300 de ellas de acuerdo a un menú gigantesco que guinda de la pared. El ambiente está lleno de humo y gente. Algunos sentados en bancos largos de madera. otros hasta bailando arriba de los mesones alargados de madera. Me poso suavemente en el piso, mis compañeros hacen lo mismo, pero aparentemente nuestra llegada o es irrelevante para el gentío en la fiesta o simplemente no se han percatado de nosotros. La música tiene un toque medieval; un grupo excéntrico y animado de músicos tocan órganos, laúdes, clavicémbalos, clavicordios, violas, oboes, cornetas y sacabuches; todos generando sonidos monótonos de otra era. Aun así, el tono distendido que está dibujado en los rostros de todos los participantes indica lo bien que la están pasando. Una fiesta llena de caracteres extraños, alborotados y bulliciosos, tiene lugar en frente de nuestros ojos.

'Nada es lo que parece', recuerdo las palabras del Orloj.

Y en efecto, cuando veo más de cerca, todo tipo de cosas extrañas están sucediendo; gente levitando, platos y copas voladoras, chasquidos de dedos seguidos de cosas apareciendo o desvaneciéndose, además del flujo constante de gente descendiendo o subiendo a través del hueco negro por el cual descendimos.

Las mismas muchachas que vimos anteriormente vestidas con trajes de la época Victoriana, nos saludan mientras nos acercamos a ellas.

—Los arlequines, qué bien, —una de ellas anuncia mientras todas observan en detalle.

—¿Qué es lo que celebran aquí? —Pregunto tomando la iniciativa.

Las muchachas se miran entre ellas con ojos traviesos. Se ríen tontamente hasta que una nos responde.

—En los días del aniversario de los ajusticiados en la plaza, visitantes del todo el mundo se reúnen en el mundo alterno de Praga, —la misma joven añade.

—¿Usted quiere decir que hechiceros vienen de visita? —Pregunto.

—Exactamente, —una voz encantadora responde, mientras todo el grupo de muchachas es sacado a bailar por un conjunto de animados bailarines.

El zumbido de las alitas bateando frenéticamente que oyéramos por primera vez en la plaza, ahora me llega directamente al tímpano. ¡Me vuelvo y veo al insecto volador! Flota enfrente mío y ante cualquier movimiento de mi parte, reacciona y se aparta de inmediato. Juraría, por lo menos eso es lo que presiento, que al igual que yo estoy observándole, el lo esta haciendo igual conmigo.

—¿Qué es lo que quieres? —Le pregunto.

No recibo respuesta alguna, solo el mismo e irritante zumbido.

—Estamos supuestos a encontrar estatuas y todo lo que conseguimos es un insecto volador, —declaro con desdén.

Nada ocurre, sigue flotando en el mismo lugar. Decido ignorarlo y cuando le doy la espalda, no me doy cuenta de que un rayo verde minúsculo sale proyectado del insecto volador dirigido a uno de los clientes en particular.

Me vuelvo del todo y observo al individuo que tiene el minúsculo rayo laser apuntando a su espalda. Noto de inmediato que se trata del viejo con el sombrero de chistera doblado a quien vimos en la plaza con anterioridad.

—Blunt, llamemos Buggie al insecto, me parece que está respondiendo al deseo que le formulaste, de que nosotros lo que estamos es a la búsqueda de estatuas. Es posible que el viejo sea una de ellas, —observa Reddish.

—Mientras camino hacia el viejo, asiento con gratitud hacia Buggie que parece percibirlo y apreciarlo ya que el zumbido de sus alitas aumenta en intensidad como aparente respuesta. El hombre con el sombrero de chistera doblado de un lado esta narrando una historia y tienen a su audiencia cautivada. Se frota sus manos y con destreza dibuja figuras imaginarias con los dedos, cuando una de ellas es un circulo, eso es exactamente lo que aparece: un pequeño globo resplandeciente e incandescente flota entre sus manos y se mueve siguiéndolas. En ese momento cuando se lo muestra a todos, me ve.

—Señor, somos... —empiezo a hablar dirigiéndome a él, solo para ser inmediatamente interrumpido.

—Se perfectamente quienes son, pero llegaron aquí mucho antes de lo que me esperaba. No importa, síganme, —dice, cerrando su acto de magia abruptamente y marchándose a paso rápido en una tormenta de ofuscación y chispas eléctricas. Todos marchamos detrás de él. Con un solo movimiento de su mano en forma de abanico, en un instante estamos caminando en las calles oscuras y vacías de la ciudad. A primera vista todo parece normal, pero no lo es, cada panfleto en el piso o pancartas en las paredes, cada tienda y taberna anuncian actividades a la medida de magos, brujas, hechiceros, adivinos o ilusionistas.

'Un mundo alterno en la misma ciudad' me recuerdo a mi mismo con inquietud, mientras troto detrás del hombre con el sobrero de chistera doblado.

El viejo acelera el paso y repentinamente desaparece después de doblar a la izquierda en un callejón oscuro. Así que los seis vamos caminando por una calle extremadamente estrecha donde nos envuelve la neblina súbitamente y nuestra visibilidad se ve reducida a solo unas yardas hacia adelante. Cuando aclara un poco nos encontramos en una calle paralela al rio Vlatva.

—Allí va, —dice Greenie, señalando en dirección de una calle peatonal.

Y en efecto, le vemos brevemente en la distancia. Se vuelve y con un gesto impaciente gesticula que nos apuremos, por lo que empezamos a trotar sobre los adoquines en su dirección, pero no aminora la marcha y poco después le perdemos nuevamente. Cuando doblamos una esquina siguiéndole la pista de donde lo vimos por última vez, seis hombres muy extraños bloquean nuestro paso. Parecen haber estado esperando por nosotros. Nos paramos en seco porque lucen amenazantes.

—¿Adonde creen que van? —Dice uno de ellos mientras nos rodean en un semicírculo.

—Estamos siguiendo al hombre con el sombrero de chistera doblado de un lado, —responde Reddish.

El pequeño grupo que nos rodea consiste en seis hombres muy peculiares. Todos son de estaturas que no exceden a las nuestras, es decir sumamente bajos, tienen cabezas protuberantes, piernas gambetas y brazos muy cortos. El líder se ríe maliciosamente mientras nos observa. Cuando dibuja con la palma de la mano un círculo, empiezo a dar vuelta en el aire hasta que me tiene de patas para arriba suspendido con mi cabeza a solo pulgadas del piso. A seguidas, les hace lo mismo a mis cinco compañeros, quienes rotan a la exacta velocidad con la que el dibuja el círculo en el aire. Desde mi posición absurda puedo ver que tenemos nuestras ropas de calle puestas de nuevo.

'Sus ropas de arlequín desaparecerán cuando estén trabajando genuinamente con las tres virtudes y los tres defectos, con cualquiera de las estatuas', recuerdo las palabras del Orloj.

Desde la posición absurda en la que me encuentro, también me viene a la cabeza el cuento Un mundo patas para arriba que me leyó el señor Kraus. 'Lo que estas a punto de experimentar, es un mundo donde todo estará patas para arriba', fueron las palabras del anticuario de Praga. A pesar de mi buena memoria, todavía no se como reaccionar.

—¿Por qué están siguiendo al bufón? —Pregunta uno de los hombres pequeños, a la vez de que me entero cual es el mote del señor a quien seguimos.

—Porque nos fue señalado, —le respondo.

—¿Eso es todo? ¿Esa es la única razón que pueden articular? —Pregunta incrédulo uno de los enanos.

Por un instante no se que responderle.

—Un minúsculo insecto volador, —responde Firee sin pena alguna.

—¿Un insecto? —dice y los seis hombres miniatura se ríen en unísono, burlándose de nosotros. —Un insecto, esa es la razón por la cual están siguiendo al bufón. Ustedes no están listos o preparados para todo esto, —declara listo para terminar nuestra aventura.

—Espere un momento hombre minúsculo, lo tengo, se la respuesta, —interrumpe Reddish.

Al hombre pequeño no le gusta para nada que lo llamen así.

—Estoy esperando mi joven e impulsiva dama, ¿qué es entonces? —Pregunta impaciente.

—Estamos siguiendo al hombre con el sombrero de chistera doblado de un lado porque quizás el sea una de las tres estatuas de la virtud o una de las tres estatuas de los vicios y defectos. Queremos conocerlo para tratar de aprender cómo poner en practica una de las virtudes o bien cómo no caer en uno de los vicios, ya que el pudiera poseer alguna de ellas seis. Pudiera serlo o no, pero estamos determinados a averiguarlo, —declara de manera enfática Reddish.

—Además, debemos estar en el camino correcto porque nuestras ropas de arlequín han desaparecido y el Orloj nos dijo que esto ocurriría solo si trabajábamos genuinamente en las estatuas de las tres virtudes o las estatuas de los tres defectos, —declaro yo complementando a Reddish.

Apenas termino mi sentencia, todos somos depositados delicadamente en el piso.

—Arlequines, ahora si están hablando claramente, y eso es lo que estábamos buscando de ustedes. que pudieran enunciar claramente qué es lo que están haciendo y por qué. Como podrán apreciar mejor ahora, en la vida siempre debemos entender las razones por las cuales hacemos lo que hacemos, —dice el líder, y en un parpadeo de ojos, el grupo amenazante de enanos se desaparece.

—¡Bien hecho! —Declara mi conciencia del tamaño de Pulgarcito. —Ahora tienen que continuar, sigan a Buggie hasta el establecimiento del Bufón, —dice sonriente mientras se le ve cómodamente sentado en mi hombro derecho. Pero no por mucho, ya que como es su costumbre, se desvanece una vez más en fracciones de segundo.

El fuerte zumbido de las alitas batiendo se hace presente, acercándose a través de la niebla hasta que está-a arriba de nuestras cabezas. Entonces, se empieza a mover y obedientemente le seguimos a través de unas calles oscuras y estrechas hasta que finalmente llegamos a una calle ciega con un par de faroles rotos. En ese momento Buggie señala, con su fino rayo laser verde, la fachada de una tienda:

El Bufón, librería de libros antiguos para todas las edades (No se sabe cuando fue fundada, quizás en el principio de todo).

Dudando, abrimos la puerta y nos asomamos, literalmente una cabeza arriba de la otra. Llamamos a nuestro elusivo anticuario, pero no obtenemos respuesta alguna. Llevados por una curiosidad intensa, entramos al salón principal de una librería de libros antiguos hecha en su totalidad con madera desgastada. Está llena de polvo con un olor fuerte a papel y cuero viejos. La librería está mal iluminada y carece de orden alguno. Pilas y pilas de libros están desperdigadas por todos lados.

‘ Su actividad preferida es la de anticuarios de libros’, recuerdo las palabras del Orloj, refiriéndose a los quehaceres de las estatuas en el mundo alterno en que nos encontramos.

De repente oímos su voz desde el cuarto en sombras que está en la parte de atrás del establecimiento.

—Tomen asiento, llámenme Zeetrikus, Lazarus Zeetrikus, con el acento en la doble ee, —nos ordena.

—¿Acento en la doble ee, de qué está hablando? —Pienso en voz alta.

'¿Podemos confiar en este hombre?', me pregunto.

Una familiar voz en forma de susurro se origina en mi hombro. Allí está de nuevo Thumbpee, sentado cómodamente en un ángulo que me obliga a contorsionarme, forzando mi cuello para poder verle de reojo. En esta oportunidad su color amarillo pastoso es brillante y reluciente. Su imagen es totalmente nítida.

—Por supuesto que pueden confiar en el. Háganlo con una mente abierta y sin miedo, —dice a la vez que se desvanece en un instante.

La voz aguda de Zeetrikus interrumpe mis pensamientos.

—Antes de que empiecen a hacerme las mismas preguntas que me hacen todo el tiempo, permítanme respondérselas de antemano: ¿Soy una estatua? Y no estoy diciendo que lo sea, eso es algo que está de parte de ustedes averiguar. ¿Pero en el caso de que yo lo fuera, cuál de ellas soy? Pues bien, eso es algo que ustedes tienen que averiguar, —Lazarus, el viejo anticuario declara. —Leamos algo juntos que les será útil dentro de las presentes circunstancias, —anuncia. —Todos ustedes, frecuentemente se sienten infelices o aburridos con lo que tienen, siempre pensando en lo próximo que quieren obtener o tener. Ustedes no parecen apreciar, lo suficiente, cuan afortunadas son sus vidas, —dice solemnemente el viejo con el sobrero de chistera doblado de un lado, mientras continúa su sermón. —Déjenme pensar ¿cuál sería el libro más apropiado para ustedes en el día de hoy? —Pregunta, mientras camina con pasos cortos que parecen explosiones de energía.

Sin decir palabra, se aleja caminando y desaparece detrás de las filas y filas de libros antiguos apilados. Cuando viene de regreso todas nuestras antenas sensoriales están estimuladas a tope, captando hasta el más mínimo estimulo. Cada sonido, como el piso de madera crujiendo mientras el viejo regresa, el mobiliario y los gabinetes temblando, todos ellos moviéndose cuando les pasa de cerca, una ventana que se abre y cierra, probablemente empujada por el viento, el reloj cuco que anuncia el cambio de hora y un par de luces de neón haciendo chasquidos que reflejan una necesidad urgente de reemplazo.

El viejo llega con un libro antiguo en la mano, el cual ya esta abierto en la pagina correcta.

—Tengo aquí un escrito perfecto para ustedes, —dice con un gesto serio en su rostro, mientras empieza a leer con gusto.

El joven aprendiz y el sabio piloto de cometas

Con los picos nevados de los Himalaya
sirviendo de trasfondo,
el sabio piloto de cometas
aun cuando inquieto e incomodo,
demuestra, sin embargo,
la atención y concentración
de un buen y experimentado observador.
Lleva el pelo blanco bien corto,
su cara redonda denota un incipiente bigote.
Su boca es mínima con labios que casi no se ven
y proyecta ojos llenos de serenidad y sabiduría.

El joven aprendiz por su parte,
vuela la cometa con colores brillantes,
por todo lo alto.
En un día claro y espléndido
la cometa revolotea por todo lo alto,

llevada por los vientos de Anapurna
asciende y desciende frenéticamente,
en todas la direcciones posibles,
a la merced de su diminutivo conductor.

—¡Nunca es lo suficientemente rápida!
—masculla el jovenzuelo con el ceño fruncido.
Súbitamente los vientos
de la todo poderosa montaña
llegan con fuerza incontenible
y el espectáculo se acaba en un instante.

—Otro petardo, —protesta el muchacho del Nepal,
al recoger su destrozado objeto volador,
hecho del febril papel maché.

Erguido y firme en las escalinatas
de su modesta residencia
el sabio piloto
no está nada contento.

El joven aprendiz
llega corriendo y se sienta
en el piso de piedras mugrosas,
junto a su mentor.

—Déjame echarle un vistazo
a lo que queda de tu cometa,
—le dice el sabio piloto.

Con gran pericia y precisión,
a un ritmo asombroso

el sabio artesano
corta y pega,
ajusta y arregla.
Y en un abrir y cerrar de ojos,
deja la cometa lista
para volar de nuevo.

El joven aprendiz inclina su cabeza
en señal de respeto y gratitud,
ante lo que, de todas maneras,
todavía es un rostro y gesto severo,
de parte del viejo maestro.

Poco después,
la majestuosa cometa
remonta vuelo nuevamente,
más alto y rápido que nunca
y se desplaza con facilidad
a través de los vientos
de la llamada montaña de los cielos,
dibujando perfectas
trayectorias elípticas
y anchos círculos
que va dejando atrás en su estela.

Pero una vez más,
el jovenzuelo no sonríe,
mucho menos su mentor.

—Todas las cometas de esta villa
o bien son más rápidas o son mejores
que la mía, —balbucea hablando consigo mismo.

—Además, para todos nosotros,
los niños de este pueblo,
volar cometas,
es una perdida de tiempo
en contra de los vientos
de la montaña indomable.

—Tenzing ven para acá,
—exclama exuberante el viejo sabio.

Después de recoger
su aparentemente destruida cometa,
el joven aprendiz corre
hacia la casa de su mentor.

—¿Cual es el problema
con ese espíritu
constantemente insatisfecho tuyo?

—Mi cometa está inservible,
—responde el jovenzuelo del Nepal.

Parado al lado de su inerte objeto de valor,
el cual esta tirado en el piso,
el joven aprendiz
tiene una expresión de frustración.

—Ya veremos acerca de eso,
—dice el sabio piloto
quien, con un par de movimientos magistrales,
desenreda y toma el control de las líneas

que sujetan la cometa caída.
A seguidas,
da un par de pasos hacia adelante
y la cometa levanta nivel
hacia el cielo, en un instante.

Como una flecha,
penetrando en el aire,
la cometa parece volar a la velocidad de la luz,
en ángulos que desafían la gravedad,
en círculos arriesgados y peligrosos,
vueltas invertidas,
ascensos verticales de elevador,
y simulaciones de vuelos
que parecen verdaderos relámpagos.

—¿Cómo puede hacerlo? —Pregunta el joven nepalés,
mientras el sabio piloto
continúa haciendo maniobras y piruetas de toda índole.

Con la cometa en su hombro,
la cola arrastrándose por el piso
con los vientos gélidos de Anapurna,
ahora galopando salvajes,
el joven Sherpa camina
al lado de su sabio mentor y piloto.
Ambos se dirigen al templo en la montaña,
donde todos los días
sus sesiones de tutelaje tienen lugar.

—Tenzing te perdiste el magnifico vuelo de tu cometa,
—observa el viejo sabio.

—En los confines de tu mente,
estabas tan concentrado
en las imperfecciones
de tu magnifico artefacto volador,
que no disfrutaste
el gozo y la dicha
del espectáculo en el aire,
estos simplemente se te escaparon
por completo, —el sabio piloto añade.

—Maestro, ¿que debo hacer entonces?
—Pregunta perplejo el joven aprendiz.

—No te preocupes más
por las cosas que no tienes,
por el contrario,
sea lo que sea,
enfócate únicamente
en lo que tienes,
—responde su mentor.

—Con tus protestas interminables,
no estás disfrutando
ni la faena, ni el viaje, —le dice.

El viejo sabio camina pensativo.

—Mira hacia arriba, —dice
y el joven aprendiz reacciona de inmediato
en obediencia.

—¿Ves el cielo glorioso y sin nubes?

—Un regalo, un privilegio a ser disfrutado.
Mientras avanzamos en la vida,
Hay que estar pendiente
de lo que sucede a nuestro alrededor,
fijarnos en lo que nos rodea
mirando no solo hacia adelante
sino hacia atrás y a los lados.
Esto nos permite ver
los tesoros existenciales
que nos rodean
y nos trae grandes recompensas.

—Tenzing, ahora respira profundo,
—ordena el viejo mentor.
El jovenzuelo hace lo que le dicen
llenando sus pulmones de aire fresco.
—Ves, mientras discutes, protestas,
y se te salen las venas de la rabia,
ni siquiera inhalas suficiente oxígeno
para llenar de vida a todo tu ser,
—observa el sabio tutor.
El joven nepalés baja su cabeza
de la pena y vergüenza que siente.
Pero el sabio mentor
no ha terminado todavía.

—Mi querido pupilo,
siempre encuentras la manera
de compararte o comparar lo que tienes;
Las cometas de otros

siempre vuelan mejor que las tuyas.
Siempre aspiras, deseas y hasta envidias
lo que los otros tienen,
con lo cual siempre estás
no solo permanentemente insatisfecho
sino también
perenne y profundamente infeliz,
—declara el sabio piloto
mientras reflexiona como en un trance.

—Pero hay otro mal que te aflige
y te come por dentro,
incluyendo y afectando
tu alma y espíritu.
Y son las excusas y más excusas,
hoy culpaste a los vientos de la montaña,
cuando en realidad lo que hiciste
fue tratar de excusar
tu falta de destreza y practica.

—Tus habilidades para volar la cometa
están estancadas;
Denigras a tu cometa tanto y tan a menudo,
que nunca estás en una posición
de sacarle su mejor provecho.
Te quejas y protestas con tanta frecuencia
cuando la estás volando,
que dejas de estudiarla, aprenderla
y practicar con ella,
las cuales son las únicas formas
de avanzar y progresar en la vida.
Por ello no mejoras como piloto de cometas.

Tu falta de maestría y dominio
es una consecuencia de tu falta de esfuerzo,
lo cual te condena
a una vida llena de mediocridad,
—añade el emocionado viejo sabio.
—Acabo de volar tu cometa,
¿cuál fue la diferencia ente tu y yo?
Al fin y al cabo, era la misma cometa,
el mismo clima
y el mismo lugar,
—pregunta con sabiduría imperecedera
el sabio mentor.
—Usted estaba totalmente enfocado
en el momento, por lo que extrajo
lo mejor de si del cometa,
—responde el joven aprendiz.
—Exacto, —reconoce exaltado el viejo sabio.
—Usted gozó y disfrutó el vuelo, la cometa,
el entorno y sus alrededores,
pero sobre todo,
usted se deleitó con el viaje,
aun cuando estaba consciente
que ninguna de esas cosas era perfecta,
—dice de repente inspirado.
el joven aprendiz.
—¡Magnifico, excelente!
—Declara jubiloso su mentor.
—Usted tampoco le presta atención
a las apariencias,
ni a las cometas que otros pudieran tener,
mucho menos al mal clima.
—añade el joven aprendiz con una sonrisa.

—Joven aprendiz,
ahora si estas listo para convertirte
en un maestro de aquello que amas en la vida.
Anda ve y disfruta tu cometa,
—declara el sabio piloto.
El joven nepalés se va corriendo con su cometa.
Cuando está listo la suelta
y la deja volar hacia lo alto en el cielo,
la pilotea con destreza,
la lleva con maestría y precisión,
pero su mayor triunfo
es que en su cara tiene
la más amplia y feliz de las sonrisas,
la cual rima y calza perfectamente
con el momento extraordinario
que está disfrutando y viviendo
al volar su cometa frente
a su viejo mentor y maestro,
el sabio piloto de cometas.

El hombre con el sombrero de chistera doblado de un lado nos observa como si el mismo fuera el sabio piloto nepalés. Tiene capturada toda nuestra atención. Mientras camina pensativo con pasos lentos, de un lugar para el otro, nos formula la primera pregunta.

—¿Qué simboliza el vuelo de una cometa para todos ustedes?

—Diversión y velocidad, —responde Greenie.

—¿Y respecto de la libertad? —Pregunta el hombre.

—Eso también por supuesto, —respondo yo.

—También simboliza y se parece a nuestro viaje por la vida, —añade el hombre.

—¿Por qué? —Pregunta Reddish.

—La cometa en nuestra nave de viajes. Es magnifica y bella, pero necesita mantenimiento y preparación antes de que esté lista para volar. Y no vuela por si sola, nos tenemos que poner en movimiento, en acción pare que despegue. Una vez en el aire necesita manos duchas y expertas con mucha práctica para lidiar con la lucha y el pugilato que empieza con los elementos y las leyes de la física y la naturaleza, especialmente el clima. Pero las recompensas son siempre inmensamente proporcionales a nuestras destrezas y temple, ya que tenemos control absoluto de sus cuerdas e hilos. La calidad del vuelo depende directamente de nuestras destrezas, conocimiento y coraje. Y si en efecto, de manera casi inevitable, eventualmente volvemos a la tierra, a veces necesitamos reparaciones y arreglos. Pero una vez listos nos vamos a volar de nuevo, —nos explica el elusivo y misterioso Lazarus Zeetrikus.

Todos lo miramos con ojos de asombro tratando de conectar y así entender todos los puntos que acaba de cubrir.

—Todos tenemos la oportunidad y la elección de volar nuestras propias cometas en la vida. Ello depende solo y exclusivamente de nosotros. A medida que alguno o todos ustedes visualicen esta parábola, recuerden los riesgos que el viejo sabio nepalés le señalo a Tenzing.

—Señor Zeetrikus ¿y las pistas? —Pregunta incrédulo Breezie.

—¿Qué pasa con ellas? —Contesta con una pregunta el hombre con el sombrero de chistera doblado en un lado.

—¿Esta historia está conectada a ellas? —presiona Breezie.

—No lo se, dime tu. ¿Cuál de las virtudes o defectos piensas que pudieran estar relacionadas con este encuentro y discusión entre nosotros? —Responde el viejo anticuario con otra pregunta. Ninguno de nosotros, los seis arlequines, sabe cómo responder al principio.

—En esta búsqueda y aventura ustedes tienen que estar preparados para contestar esa pregunta a los efectos de seguir avanzando, de otra manera se van a quedar atascados, —les advierte el señor Zeetrikus.

—Yo diría que es el defecto del orgullo, porque el jovenzuelo nepalés era demasiado orgulloso para pedir consejo o ayuda, —dice Reddish.

—¿Qué otra cosa pudiera ser? —Pregunta Zeetrikus.

Allí es cuando lo visualizo en un instante.

—La otra alternativa seria la humildad, ya que el joven aprendiz al principio no fue capaz de reconocer y respetar la vasta experiencia y conocimientos de su mentor, por lo cual perdió la oportunidad de aprender de él, —yo reflexiono en voz alta.

—¿No son ambos argumentos acerca del orgullo y la humildad dos caras de la misma moneda? —Pregunta el señor Zeetrikus.

—Uno necesita humildad para admitir y aprender nuestros errores, pero para lograrla uno tiene que mantener su orgullo bajo control y así impedir que destruya la modestia.

El señor Zeetrikus nos lleva a la taberna y sala de baile medieval donde le conocimos a través de un portal que se abre en un chasquido de sus dedos. Cuando ya está listo para partir yo tengo otra pegunta para el.

—¿Cómo le debemos llamar entonces? —pregunto mientras se le dibuja una cara traviesa.

—El Bufón, —así es como me llama todo el mundo.

'Eso lo sabíamos ya', me sonrío para mis adentros ya que por primera vez se algo que el no sabe.

—¿Tiene usted entonces una pista para nuestra búsqueda? —Pregunta Reddish.

—De hecho, no. No tengo ninguna, —responde.

—¿Y dónde la podemos encontrar? —Presiona Breezie.

—Eso es algo para que ustedes lo averigüen, además no puedo hablar más de este tema con ninguno de ustedes, —dice al volverse y desaparece de nuevo en una fracción de segundo.

—¿Y qué hacemos ahora? —Pregunta Firee.

—Creo que tenemos que entender el mensaje de la historia a los efectos de resolver esa pregunta, —le respondo.

Al empezar a caminar por los adoquines oscuros de este mundo alterno de hechiceros y brujas en la ciudad de Praga, al voltear por una esquina, podemos oír las mismas carcajadas una vez más. Es el bullicioso grupo de muchachas vestidas en trajes victorianos y, al verlas, un pensamiento que no se ha ido pregunta en mi cabeza.

'¿Por qué nos las seguimos encontrando?'

—Tienes que actuar con cuidado y estar alerta cuando te encuentres con estas muchachas, —me susurra mi conciencia Thumbpee que se ha presentado nuevamente sin anunciarse y está sentado cómodamente en mi hombro derecho.

—¿Por qué? —Le pregunto.

—Son consideradas las mejores carteristas de Praga.

—¿Carteristas?

—Así es, tratan de robarse las pistas que hayan encontrado. En este momento lo que están es conociéndolos mejor, pero sobre todo tratando de averiguar si ya ustedes tienen alguna pista en su poder.

—¿Y por qué se las quieren robar?

—Porque ellas quieren convertirse en aprendices de bruja en vez de ustedes.

Observo de reojo a mi minúscula conciencia; aun cuando tengo falta de fe en sus palabras, le tengo mucho respeto. Es decir, estoy totalmente confundido.

—Algo más, solamente en esta oportunidad sabrán que hay problemas a la vuelta de la esquina si están vestidos nuevamente como arlequines, —me advierte de improviso mi conciencia Liliputiense.

Me veo a mi mismo y tal como me lo dijo estamos vestido de nuevo como arlequines y por supuesto Thumbpee se desaparece.

—Nuestros buenmozo muchachos están de vuelta, —dice una de las jóvenes, mientras caminan en semicírculos hacia nosotros.

Me cuesta controlar mis deseos de ponerlas al descubierto, pero al final simplemente les susurro a mis compañeros que las ignoren y sigan caminando.

—Damas, que tengan unas buenas noches, estoy seguro de que las volveremos a encontrar en el camino, ahora sin embargo les pedimos disculpas, pero estamos muy apurados, —les digo diplomáticamente, pero con firmeza.

Nos cuesta encontrar un punto de discusión acerca de nuestra visita con el Bufón, esto para saber si a través de él nos hemos ganado una de las pistas o no. Mientras seguimos caminando, las jóvenes con los vestidos victorianos se burlan de nosotros, pero no se ven nada complacidas cuando las ignoramos por completo. Sin embargo, al dejarlas atrás, estamos vestidos de nuevo con ropas de calle, así que estamos de vuelta a nuestra misión de búsqueda de la segunda pista.

Mientras tanto, el bullicioso grupo de muchachas se transforman en sus formas habituales: figuras amenazantes de la noche con ojos maléficos, circulando a través de los tejados y cornisas de la otra ciudad de Praga.

—Okey, okey, lo entiendo, —dice inentendible Reddish.

Súbitamente vemos a Buggie volando al lado de nosotros. Con su delgado rayo laser verde esta apuntando a una estatua de bronce de un hombre de la nobleza a caballo. Todos volteamos a mirar, al principio incrédulos, pero mientras contemplamos la imponente figura, un presentimiento empieza a crecer en mi. Lo mismo pasa con mis compañeros y todos pronto tenemos las mismas expresiones de asombro.

—Sus ojos están vivos, —observa Breezie y todos nos damos cuenta de lo que está pasando.

—¿Será esta nuestra segunda pista? —Pregunta Reddish un poco perdida.

—¿Y por qué no nuestra segunda estatua? —Pregunta Greenie.

—No se, pero pronto lo vamos a saber, —declaro con una certeza instintiva de que debemos estar cerca, muy cerca.

—Siempre dices lo mismo, —opina Greenie.

—¡Espere, espere! —Le pido a la estatua cuando empieza a moverse.

—La humildad nos ayuda a aprender, pero necesitamos controlar nuestro orgullo para que no se nos atraviese en el medio, bloqueando el camino, —balbuceo al pensar las palabras del hombre con el sombrero de chistera doblado de un lado.

—El orgullo no solo nos ciega, sino que además nos envía en la dirección equivocada, —dice Breezie.

El zumbido de Buggie irrumpe de repente y es frenético. Vuela en círculos justo arriba de nosotros. Su trayectoria es brusca con ráfagas de intensidad que van y vienen. Inesperadamente, el insecto volante se detiene en el aire y apunta su minúsculo laser verde al piso. Los seis volteamos hacia los adoquines de la calle en el lugar donde está la estatua. Al principio no vemos nada, pero en ese momento el temblor empieza leve y rápidamente se intensifica. Sobre el mismo lugar, una luz intensa que empieza como un punto pequeño se infla y se convierte en una esfera brillante llena de colores extraordinarios. Pronto nos ciega a todos hasta que el globo de luz simplemente se deshace en un polvo brillante de escarcha que cae en cámara lenta al piso.

—¿Qué es eso? —pregunta Checkered señalando los adoquines en el piso.

Es allí cuando vemos un sobre solitario en el piso, pero cuando doy un paso hacia él, un par de rayos de luz son proyectados al piso creando un anillo de fuego alrededor del sobre, desde los ojos de la estatua ecuestre que se marcha.

La estatua del jinete y su caballo esculpidos se desvanece de repente y nuestros corazones se desinflan. Mientras el círculo de llamas crece en altura, también se empieza a cerrar y se va acercando al sobre. Al principio, me quedo paralizado sin saber qué hacer hasta que inesperadamente las palabras de mi conciencia me vienen a la mente.

'Ahora pueden caminar a través del fuego y el hielo'.

Sin pensarlo, saco fuerzas, trago profundo y simplemente camino a través del fuego y recojo el sobre que dice el Orgullo y una nota que también está al lado de él.

—¡Congratulaciones, bien hecho aprendices! —Saluda el Bufón con su voz retumbando por los aires.

—Entonces, él era la estatua en el caballo, —pregunta retóricamente Firee.

—Así es, el pícaro Lazarus Zeetrikus, al fin y al cabo, una estatua representando un defecto. Así que no debe sorprendernos, —reflexiona Firee en voz alta y todos asentimos con nuestras cabezas.

Y allí empieza la celebración con todos saltando y abrazándonos de felicidad. Mientras tanto, Reddish, la más curiosa de todos nosotros, no puede contenerse, abre ambos sobres y empieza a leerlos en voz alta.

—La puerta del túnel yace debajo del viejo escrito, a través del hilo de un río y más allá de sus peores miedos.

El resto de nosotros nos volvemos y le pedimos que lo lea de nuevo. Pero no sirve de nada, no tenemos la más mínima idea de qué se trata. Nuevamente, sin esperar por nadie, nuestras curiosa compañera lee la segunda pista.

—El terror los va a estar esperando en el camino. La duda y el miedo los emboscarán inesperadamente. Solo las virtudes los derrotaran a todos, —termina Reddish el contenido del sobre acerca del orgullo.

El ligero y familiar peso en mi hombro me anuncia la llegada de Thumbpee.

—No traten de descifrar las pistas en este momento, —dice.

—Preguntar por qué sería tonto, ¿cierto? —pregunto con torpeza, tratando de ser sardónico.

—No, de hecho, es una muy buena pregunta, no tiene sentido hacerlo ahora ya que requieren de otras pistas para entender a estas dos, —responde el hombre diminuto.

—¿Cuál es nuestro nuevo poder? —pregunta Firee.

—La habilidad de uno de ustedes para saber cuando alguien está mintiendo, —responde Thumbpee antes desaparecerse nuevamente.

Todos nos miramos entre si y sabemos exactamente qué es lo próximo que tenemos que hacer. Y soy yo quien lo articula en palabras, ya que recuerdo exactamente lo que nos dijo el Orloj.

—Cada vez que estén en posesión de un par de pistas, se habrán hecho merecedores de venir a verme para proveerles de guía y consejos para su búsqueda.

Y como nadie reacciona, tomo la iniciativa.

—Muchachos es hora de ir a ver al Orloj, —digo en vista del estado colectivo de indecisión.

De inmediato todos consienten y nos ponemos en marcha y en dirección del antiguo reloj.

Capítulo 5

Nunca hay suficiente tiempo

Llegamos a Staromestske Namesti (La plaza principal de la antigua ciudad) al aproximarse el amanecer. Los seis nos dirigimos hacia la torre del Orloj. Al caminar, el familiar, pero todavía irritante zumbido de las alitas de Buggie, batiendo con frenesí, se nos une, flotando arriba de nuestras cabezas. Asimismo, en un instante, siento a Thumbpee en mi hombro, quien obviamente se auto invita para la ocasión.

El viejo reloj nos está esperando. Justo cuando estamos frente de él, se esta despertando y su voz de trueno se hace sentir inmediatamente.

—Excelente trabajo arlequines, ya están en posesión de dos de las pistas, una virtud y un defecto.

—Orloj, necesitamos su ayuda para entender las pistas, —dice Reddish.

—Lo siento, no les puedo ayudar a resolverlas, —responde el Orloj crípticamente.

Le miramos intrigados y sorprendidos.

'Si nos dijo que viniéramos a verle cada vez que tuviéramos dos pistas en la mano', recuerdo sus palabras.

El Orloj parece leerme la mente.

—Les he estado ayudando todo el tiempo, —dice.

—¿Si me lo permite Orloj, ¿cómo lo ha hecho? —le pregunta Breezie.

—A través de mis hijos, —responde el Orloj divertido.

—La verdad, por lo menos en lo que a mi respecta, ellos han brillado por su ausencia. Quizás es un caso de insubordinación y de reelección de sus deberes o quizás han estado ocupados de fiesta en fiesta, —declara un rimbombante y sarcástico Firee,

El Orloj no luce nada divertido con el comentario.

—Ellos han estado con ustedes en cada momento de vuestra aventura y búsqueda, —dice con autoridad y voz de trueno.

Incrédulos, nos miramos el uno al otro, hacemos un recuento de quienes están presentes y es allí donde nos damos cuenta todos a la vez y lo decimos al unísono con gozo y alegría en nuestras voces.

—¡Buggie y Thumbpee!

—Hum, hum, hum, —aclara su garganta el viejo reloj, tratando de captar nuestra atención.

—¿Hay algo en que los pueda ayudar? —Pregunta con picardía dejando de parte nuestra el descubrir cómo es que nos puede ayudar.

—Orloj, usted dijo que las estatuas de los defectos eran peligrosas y podrían desviarnos de nuestro rumbo enviándonos a la dirección equivocada, pero eso no pasó con el anticuario Lazarus Zeetrikus, —comenta Greenie.

—Eso no es correcto. Cuando estuvieron con él, ustedes se encontraron con un par de obstáculos y desviaciones. Pero las manejaron y enfrentaron con facilidad, demostrando flexibilidad, imaginación y más importante aun, en cada instancia, supieron escuchar consejos y cuando tomar decisiones. En último análisis, hasta ahora han exhibido un impecable buen juicio. Reciban mis más sinceras felicitaciones, —dice el Orloj orgulloso.

'Vinimos a buscar consejo y guía, no otro sermón,' pienso mientras me pongo cada vez más impaciente.

—Pero no esperen que, de ahora en adelante, su búsqueda para convertirse en aprendices de mago va a seguir siendo así de sencilla, —dice el Orloj preparándonos para la próxima etapa.

—Orloj, ¿cuál es su mejor consejo para nosotros en este momentos? —Pregunta Checkered.

—Cuídense de los mentirosos y los tramposos, no van a ser fáciles de detectar, —dice el viejo reloj antes de continuar. —Además, como su aventura ahora continuará a plena luz del día, recuerden esto: en el mundo alterno en el que se encuentran hay luz en la oscuridad y oscuridad en la luz, —dice misteriosamente antes de añadir un par de palabras de aliento. —Bien sea por azar o por que estaba destinado a serlo, ustedes han sido dotados con dos pilares fundamentales del carácter de una persona, la humildad que es una virtud que siempre hay que adoptar en la vida y el orgullo que es un vicio a ser evitado a toda costa. No podría haber una mejor base para el camino que tienen por delante, —dice justo antes de irse nuevamente a invernar.

Una vez más el retiro del Orloj nos deja a los seis sin saber exactamente qué hacer. Y como es habitual en ellos, Thumbpee y Buggie repentina y predeciblemente brillan nuevamente por su ausencia.

—Estos vienen y van como les da la gana, su presencia no depende de nosotros, — dice Breezie despectivamente.

—No, el Orloj dijo que podemos llamarles cuando los necesitemos, —añade Greenie.

—Okey, por si no se han dado cuenta, a este paso, no vamos a tener suficiente tiempo para conseguir todas las pistas que nos faltan para cruzar el túnel. Tenemos que apurarnos o no lo vamos a lograr, —dice Firee.

Todos los demás nos percatamos y asentimos con nuestras cabezas.

Los seis caminamos a través de Staromestske Namesti con la luz del nuevo día rompiendo en el horizonte. Los colores del incipiente amanecer iluminan nuestro objetivo final cual es el misterioso castillo de Hradcany, localizado en la colina del otro lado del río. Cuando nos aproximamos al paseo peatonal de Vaclavske Namesti (La plaza de Wenceslav), las fachadas y las paredes son demasiado tentadoras para seis muchachos de doce años. Así que nuestros trajes y cuerpos pegajosos nos sirven para que en un instante estemos nuevamente observando la ciudad desde arriba. Extrañamente, los excéntricos caracteres que caminan por el boulevard, no se sorprenden en lo absoluto al ver a un grupo de coloridos arlequines mirándolos desde las paredes, cornisas y ventanas. Seguimos subiendo hasta que alcanzamos los tejados. Ahora el boulevard luce más pequeño, pero para nada normal.

—¿Qué son todos esos colores sobresaliendo de aquellos edificios? —Pregunta Reddish.

Algunas cuadras hacia adelante, a la distancia divisamos unas banderas gigantes de todos colores colocadas sobre los tejados. Usando capiteles como catapultas, saltamos de techo en techo hasta que las alcanzamos. Abajo se puede ver otra calle peatonal que está adornada y llena de artistas callejeros, así como de un par de bandas musicales; hacia un lado hay filas y filas de quioscos de mercado libre. Cautelosos descendemos a través de las paredes hasta un nivel de primer piso.

No nos toma mucho tiempo darnos cuenta de que esta no es una calle normal de ciudad y que ninguna persona en ella tampoco lo es. Los caracteres que nos rodean parecen como extraídos de un circo. Descendemos a nivel de la calle y nos paseamos a través de los actos de magia, de acrobacia y de los mimos. Es allí cuando vemos el letrero por primera vez.

Anticuarios Van Egmond
(Fundados cuanto se estableció esta ciudad).

Pronto estamos todos dando vueltas en semicírculo alrededor de la tienda, sin saber qué hacer, hasta que tomo la iniciativa y todos me siguen de inmediato. Al entrar nos damos cuenta rápidamente que nuestras ropas de calle han desaparecido, lo cual nos da la confirmación y causa para que todos estemos aun más alertas de cada cosa que tenemos a nuestro alrededor. Entonces la vemos, la dama de apariencia gentil y mediana edad tiene el pelo blanco, tejido en una cola; su piel es muy pálida y sus ojos color azul lechoso. Lleva una larga falda le llega a los tobillos y las mangas de su blusa llegan hasta sus muñecas. Está leyendo lo que parece ser un libro muy viejo. Al sentir nuestra presencia, levanta sus ojos y nos da un cálido saludo de bienvenida.

—¡Caramba!, los jóvenes aspirantes a aprendices de mago,— dice ella al levantarse y acercarse a saludarnos calurosamente dando un suave apretón de manos y un beso en la mejilla a cada uno. Al estar de pie nos damos cuenta de que es sumamente alta, quizás mide 1.9 metros.

A seguidas nos señala la bandeja arriba del armario.

—Bienvenidos a mi humilde tienda, me llamo Lucrecia Van Egmond, —ella se presenta efusivamente, mientras nos observa con sumo interés.

Rápidamente, la calidez de su saludo y su comportamiento amoroso proyectado como si fuera nuestra abuelita, nos hace sentir seguros y protegidos en su presencia.

—Ustedes deben estar todos muertos de hambre, sírvanse y desayunen bien que lo van a necesitar, —continúa con calma y un dulce tono de voz que nos relaja aun más.

Todos comemos como si no hubiera un mañana y es allí cuando ella va al grano.

—He oído que van muy bien en su búsqueda, —ella dice con ojos inquisitivos.

—De cierta manera sí, pero todavía tenemos que sentir que estamos pisando tierra firme, —le respondo.

—Pues mis queridos jóvenes, muchas de nuestras búsquedas en la vida carecen de bases firmes a lo largo de todo el camino, por lo tanto, tenemos que estar preparados para que el viaje de la vida pueda ser así. Es algo que nos reta a que prosperemos y triunfemos en el medio del caos y lo impredecible, mientras los caminos que transitamos no estén en tierra firme. Así aprendemos a movernos hacia adelante sin nada solido soportándonos y de hecho nos volvemos expertos en navegar arenas movedizas. En esas circunstancias es fácil desestimar o abandonar nuestras búsquedas por la falta de soporte o la razón de llevarlas a cabo, pero no ocurre porque nos volvemos inmunes a ello, —ella razona mientras todos estamos más interesados en la comida que en sus palabras sabias.

La señora Van Egmond reflexiona mientras va y viene, caminando frente a nosotros hasta que su rostro se ilumina.

—Síganme, por favor, vamos a ir de paseo por los bosques de Praga, —dice mientras marcha a paso rápido hacia la parte de atrás de su librería, seguida por nosotros seis preguntándonos si acaso nos está llevando a un bosque oscuro de los que inspiran miedo y a hasta terror.

La enorme anticuaria está parada frente de la puerta de atrás de su negocio, que está pintada en múltiples colores pastel. Antes de abrirla, nos reúne a todos y nos hace agarrarnos de manos enfrente de ella. Abre el pomo de la puerta lentamente mientras recita algo incomprensible entre dientes, que parece un hechizo. En el momento en que la puerta se abre del todo, inmediatamente se filtra una luz muy intensa que nos ciega al principio.

La señora Van Egmond es la primera en dar un paso hacia adentro, seguida por nosotros. Y en un santiamén estamos todos en un lugar completamente distinto. A nuestro alrededor esta una bellísima campiña que tiene al lado un bosque espeso. Es un día glorioso, sin una nube en el cielo. A los lejos, en la distancia, podemos ver la magnifica ciudad de Praga.

—Pongámonos en movimiento, —dice la señora Van Egmond mientras empieza a caminar hacia el bosque. Una vez más la seguimos obedientemente.

Con paso ágil, nos lleva hacia lo más profundo del bosque. Rayos de luz se filtran a través de los altos arboles y, poco a poco, cada vez más, estamos inmersos en los sonidos y olores de la naturaleza. Un pequeño riachuelo se hace presente y caminamos a su lado hasta que llegamos a un espacio abierto dentro del denso follaje.

La vieja anticuaria nos pide sentarnos haciendo un circulo.

—Estamos aquí en el día de hoy, para hablar acerca de dónde podemos encontrar el mejor ejemplo de un corazón generoso en nuestro planeta. —El problema con la generosidad es que a menudo no es reconocida, valorada o respetada lo suficiente. El mejor y más grande ejemplo de generosidad sin limites lo encontramos en la naturaleza, —añade la señora Van Egmond.

—Tengo, aquí conmigo, un escrito que describe muy bien lo que significa la generosidad, —dice mientras empieza a leer con gusto.

El viejo y la madre

Al empezar un nuevo día
entre los picos afilados
de la montañas nevadas,
el sol sale por el horizonte.

El viejo camina con desgano
subiendo la montaña
protestando con cada paso que da.

Cada hueso de su cuerpo
craquea con chasquidos
de dolor en cada movimiento.
Durante su lento ascenso
lo rodea un bellísimo bosque
mientras sigue una senda
que zigzaguea, al parecer, infinitamente.

La pronunciada subida a través de los arboles
repentinamente se abre
al dejar el follaje atrás,
el panorama es ahora una meseta
con picos de montaña de fondo.

El terreno está repleto
de flores salvajes y grama a nivel de rodilla,
el camino ascendente

ahora está lleno de piedras sueltas.
Arriba en el cielo no hay una sola nube,
sino intensos y esplendorosos tonos de azul
actuando como su techo celestial.
La cima de la montaña es su recompensa
por el esfuerzo que ha realizado
por más de cuatro horas.

En el tope de la montaña hay un lago azul,
en él cae una larga y estrecha cascada
que lo enmarca y embellece aun más.

A sus espaldas se puede ver a lo lejos
el área donde empezó el ascenso horas atrás.

Las vistas alpinas panorámicas
le permiten ver también en la distancia
la imagen borrosa de su pueblo,
millas y millas abajo en el valle.

—Me falta la respiración
y tengo la boca tan seca que apenas puedo tragar,
—anuncia el viejo aparentemente hablando solo.
—Además, mi nariz gotea
y mis ojos llorosos están tratando de decirme
que mis alergias están fuera de control,
—continúa hablando aparentemente consigo mismo.

Mientras continua hacia la cima,
es allí, como siempre sucede,
que la voz de trueno le llega de improviso
y sus ondas sonoras

se esparcen por todos lados.

—¿Te gustó el aroma del bosque al subir?
—Le pregunta la madre naturaleza
al viejo escalador.
—Es el mismo de siempre, pero en este momento
lo que estoy es falto de aire
y afectado por las alergias de verano,
—responde con voz malhumorada.
—Lo cual está compensado
por un día magnífico
con los colores espectaculares
de las flores, las mariposas, las hojas de otoño
y el cielo despejado a tu alrededor,
—replica la naturaleza.
—Predeciblemente dices lo que se puede esperar de ti,
pero de qué me sirve tanta belleza
si no la puedo disfrutar,
—es la respuesta sumaria del viejo.
—Y ¿qué hay de los sonidos del viento y sus silbidos
al batir las ramas de los árboles del bosque,
o los pájaros al cantar,
o los sonidos cristalinos del pequeño riachuelo
al correr aguas abajo
o los traviesos saltamontes,
al parecer miles de ellos,
todos miembros de una orquesta al aire libre?
—argumenta la madre naturaleza.
—¿Qué quieres de mi madre naturaleza?
no ves que estoy pasándola mal,
o es que acaso pretendes
que mágicamente ignore todo,

especialmente cómo me siento
y solo piense acerca de las cosas
agradables en la vida, —responde
el exasperado viejo.
—Precisamente eso es lo que espero de ti,
hombre privilegiado, —declara la naturaleza
de manera firme y severa a la vez.
—Tu buena salud, fuerza y aguante
han hecho posible que escales
este terreno difícil y desafiante
hasta su cima misma,
—argumenta la naturaleza.
—Porque no me dejas solo
con mis penas y mal humor,
no me vas a persuadir a que me anime,
cuando no me siento así.
—Te has ganado el privilegio
de estar parado en una cima del mundo,
teniendo como marco vistas panorámicas extraordinarias,
todas a tu alrededor.

Y, sin embargo,
has encontrado la manera
de sentirte infeliz e insatisfecho al respecto,
peor aun, no estás agradecido por ello,
—dice la madre naturaleza con voz estricta y solemne.

El viejo permanece callado
tratando de demostrar indiferencia.
Pero sus ojos están atentos
y a la vez parecen casi que suplicarle
a la madre naturaleza,

que no lo abandone y se vaya.

—Viejo refunfuñón, ¿qué ocurriría
si el aire que respiras y que yo te proveo,
cada segundo que estás vivo,
desapareciera de repente?
¿Qué sucedería si
los océanos, ríos, lagos, manantiales y pozos
se secarán en un instante?
¿Qué acontecería si
el escudo protector de nuestro planeta
se desvaneciera en una fracción de segundo?
¿Por qué das por sentado
que la enorme cantidad de bendiciones
y regalos de este tipo
que recibes todos los días,
van a continuar para siempre?
Tu, tienes una obligación existencial
en devolver a la vida y a otros,
por el privilegio de estar vivo,
—declara la obviamente ofuscada la madre naturaleza.

Los ojos del viejo escalador están llenos de intensidad,
mientras escucha cada palabra.
De repente, él dice:
—¿Y cómo hago eso?
—En la vida hacemos lo que está prescrito y previsto
por hacer para nosotros como miembros del universo,
—continúa la madre naturaleza.
—Algunas veces nos toca recibir y en otras dar,
—declara la naturaleza con profunda sabiduría.
—Tu generosidad me hace sentir incomodo,

cuando te tengo a mi alrededor,
—responde el viejo.
—¿Quizás culpable? —le discute la naturaleza.
—¿Qué diablos importa cómo me siento?
—Pero dime, por favor,
¿cómo puedes hacer tanto
como lo que haces,
sin recibir o pedir nada a cambio,
por tus buenas acciones?
—El viejo incrédulo le pregunta.
—Eso es precisamente lo que es ser generoso.
Se trata de dar a otros lo que recibimos.
Pero ser generoso o dadivoso no es una alternativa,
es un deber.
Nuestras obligaciones existenciales
se acumulan a lo largo del tiempo,
mientras seamos y permanezcamos
como beneficiarios
del privilegio de habitar en el planeta tierra,
—añade la madre naturaleza.
—Se gentil y jovial cada día de esta vida que disfrutas,
y haz de tu meta existencial el devolver
mucho más de lo que recibes.
No me hagas cambiar de idea
y que decida dejar de proveerte
todas las cosas que requieres para estar vivo.
Mi generosidad no conlleva
ninguna obligación de tu parte,
nunca pido nada a cambio
por las cosas que doy.
Por lo cual,
¿por qué no haces lo mismo a tu vez

y además lo haces con creces también?

La anticuaria Van Egmond termina de leer y todos parecemos estar especialmente atentos a lo que nos rodea, como si estuviéramos buscando a la madre naturaleza por sí sola.

—Jóvenes arlequines no hay nada más generoso para con nosotros en la vida que la naturaleza misma. Hagamos una pausa por un segundo. Quiero que todos cierren los ojos, —nos pide.

Cuando la afectuosa anticuaria permanece totalmente muda, el silencio entre nosotros rápidamente nos envuelve, pero dura poco. El sonido del viento se puede sentir a través de las hojas, un grillo suena como una corneta estridente, repetitiva y totalmente al azar. Pero las vocales y gargantas fuertes vienen de los pájaros, una coral que canta sin parar, llenándolo todo de magia y belleza.

—Damos por sentada la naturaleza y lo hacemos porque siempre está allí. Aquí estamos en el medio de un bosque imperecedero y sin que nos pida nada a cambio, siendo provistos con una avalancha de regalos inmerecidos, —nos explica. —El aire que respiramos, la luz que vemos, los olores que percibimos, los sonidos que escuchamos, son todos nuestros por el simple hecho de estar y sentir que estamos vivos. Pero, ¿estamos acaso conscientes del botín existencial que poseemos? —pregunta una vez más. —¿Qué hay con respecto a sus vidas propias? ¿Dan ustedes algo de sí mismos a los demás? ¿Hacen buenas acciones y obras por quienes lo necesitan sin que nadie se los pida o sin esperar nada a cambio? —sigue preguntando en voz alta.

Todos asentimos como si finalmente entendemos el mensaje.

—Ser generoso no es una alternativa a elegir, —añade la vieja anticuaria.

Sin pensarlo, empiezo a hablar de repente en voz alta.

—Si no le damos a la vida y a otros, eventualmente todo lo que hemos recibido lo perderemos o la vida luego nos lo quita, —concluyo.

En el momento que completo esas palabras, ya no estamos sentados en medio del bosque sino en la acera llena de gente en una calle de Praga. El ruido de la ciudad nos trae a todos de regreso a la realidad. La señora Van Egmond ha desaparecido, pero su voz de repente llena el aire que nos rodea y su rostro translúcido aparece flotando en el aire enfrente a nosotros.

—Jóvenes candidatos a aprendices de mago, han recibido una lección importante en el día de hoy, —dice con palabras pausadas y llenas de cariño. —Aquí tienen, se lo han ganado, es algo bien merecido. Les deseo lo mejor en su búsqueda, —dice al entregarnos un sobre y desvaneciéndose en un instante.

Su título es la Generosidad. Mi primer instinto es abrirlo y leer su contenido de inmediato, pero cuando estoy a punto de romper el sobre. todo apurado, la voz de Thumbpee me sorprende de nuevo. Está sentado, como es habitual, en mi hombro derecho con sus piernas y brazos cruzados. Tiene cara de muy pocos amigos.

—¿No se te estás olvidando de algo? —Me pregunta regañándome.

Lo veo sonriente sabiendo perfectamente de lo que me está hablando.

—¿Cómo lo podemos llamar, exuberancia juvenil? —Me pregunta sonriendo también.

—Las pistas son más útiles cuando se abren en parejas, —Thumbpee y yo recitamos al unísono en una improvisada coreografía por la cual ambos estallamos en carcajadas.

—Arlequines, les esperan cosas peligrosas en el camino que tienen por delante, —nos advierte la miniatura fastidiosa, antes de desaparecer nuevamente.

—Solo nos quedan unas pocas horas para encontrara a las otras estatuas, —digo a todos, empujándolos hacia la actividad pujante de la Praga paralela en que estamos. Un lugar lleno de brujería y hechizos de todos los tipos que ofrece el mundo de la magia.

Tenemos nuestros trajes de arlequín puestos y volvemos a empezar desde cero.

—¡A Thumbpee se le olvidó completamente! —dice un exaltado Firee.

Todos nos volvemos hacia él con caras perplejas.

—¿Se le olvidó qué? —Pregunto.

—No, no se me olvidó nada, —dice repentinamente el diminuto consejero, metiéndose en el medio de nuestra conversación. El espécimen de hombre miniatura, sin previo aviso, está de vuelta en mi hombro. —He estado esperando y observando cómo están tomando decisiones y cuales son sus próximos pasos a dar, —nos dice con la mano en la barbilla, actuando como si estuviera regañándonos.

—Thumbpee no le des más vueltas al asunto, ¿cuál es nuestro nuevo poder entonces? —Firee pregunta, ya sin paciencia para más palabras sin sentido de mi diminuta conciencia, por lo menos así las ve ella.

—De ahora en adelante tendrán la habilidad de crear portales, este poder rotará y solo uno de ustedes tendrá y podrá usarlo a la vez para cada evento donde lo pudieran necesitar o decidan usarlo. Adicionalmente, de ahora en adelante ustedes tendrán la capacidad de volverse invisibles si la situación lo justifica.

—¿Un portal? ¿Volverse invisibles? ¿Se nos otorgan dos poderes a la vez? —Pregunta Greenie totalmente incrédulo.

—Se lo merecen todo y se lo han ganado ustedes solos, jóvenes arlequines, —continúa mi conciencia. —Para usar el portal simplemente pasen la mano en el aire, de un lado a otro en frente de ustedes, y aparecerá una imagen translúcida y borrosa de una puerta ancha. Únicamente ustedes seis podrán usarla. Simplemente pasen a través de ella y emergerán en otra parte de la ciudad.

—¿Tendremos control adonde vamos? —Pregunta Breezie.

—Sí y no, —responde Thumbpee. —Si todos ustedes, y esto es muy importante, tienen un solo objetivo claro en mente, el lugar de destino que desean les será concedido, pero si no lo tienen, emergerán en cualquier otra parte de la ciudad, incluyendo lugares desagradables y peligrosos.

Y en un santiamén Thumbpee se vuelve a desvanecer tal como es su hábito.

—Bueno, tiempo de ponernos en movimiento, —digo asertivamente, mientras empiezo a caminar las calles estrechas de la ciudad mágica.

Capítulo 6

A Plena Vista Del Día

Estamos todos parados mirando el castillo Hradcany (El castillo de Praga) arriba en la colina, a través del río Vlatva. Aun sin su habitual y radiante iluminación nocturna, a plena luz del día, la antigua estructura reina sobre la ciudad de Praga.

Greenie es la primera en actuar sin pensarlo.

—Vamos al castillo ahora mismo, —dice de la nada.

Impulsivamente y sin preocupación alguna, Greenie pasa su mano en el aire de derecha a izquierda y por suerte le toca el más nuevo de nuestros poderes. De repente el espacio en frente de ella se pone borroso y la forma transparente de una puerta se dibuja lentamente. Sin preguntarnos a ninguno, cuando estoy a punto de decirle que pare, Greenie simplemente camina a través de la puerta. Muchachos al fin, cuando la vemos literalmente desaparecer a través de la puerta, la curiosidad colectiva prevalece y naturalmente la seguimos hacia un rumbo desconocido. En un instante nos encontramos en el mismo lugar donde estábamos antes, pero es de noche y bastante oscuro, ya que aparentemente es una noche sin luna.

—Yo quería ir al castillo, discúlpenme, —dice Greenie.

—Si tienen una sola meta clara para todos, su destino les será otorgado, —dice Reddish.

—Obviamente no estábamos nada claros ya que tu saliste disparada antes de consultarnos, —concluye Reddish hablándole fuertemente a Greenie.

—Y no vas a tener el poder de volver todavía, no va a funcionar por un tiempo, — aclara Thumbpee repentinamente de nuevo en mi hombro, pero se esfuma rápidamente.

—Ven lo que ha pasado con una sola mala decisión, una desviación equivocada en el camino y las cosas se pueden poner malas en un abrir y cerrar de ojos, —aclaro a todos.

—Tenemos que regresar, —dice Firee continuando la discusión.

—¿Regresar adonde? —Pregunta Greenie.

—A la hora del día en la que estábamos, —responde Firee.

—¿Por qué? —Pregunta Greenie.

—Mira el reloj, —señala Firee.

Todos nos volvemos y vemos un reloj gigante en la pared de un viejo edificio al otro lado de la calle.

—Son las ocho PM. Hemos perdido diez horas de las veinticuatro que nos dieron para terminar la búsqueda, —dice Firee al leer la hora en voz alta. Todos asentimos.

Por lo menos esta vez todos estamos de acuerdo acerca de cual es nuestra meta, pero al pasar nuestras manos por el aire de derecha a izquierda, nos damos cuenta de que nuestro poder de crear portales, tal como nos lo anticipara Thumbpee, no ha regresado todavía, peor aun, no sabemos cuando ocurrirá tampoco.

—¿Qué es eso? —Pregunta Breezie.

Allí es cuando veo por primera vez las enormes luces de bengala en el cielo. Rayos chasqueantes de luz iluminando el cielo de la noche. Pinceladas de amarillo, verde, purpura y rojos aparecen mientras pequeños relámpagos se cruzan unos con otros como en un danza lenta. En ese momento recuerdo las palabras del Orloj y el miedo se esparce rápidamente a través de todo mi cuerpo.

—Cuídense de las tormentas cósmicas y las luces del norte. Cuando se hagan presentes significará que se avecinan problemas serios.

—Blunt, ¿qué estás pensando? De repente pareciera que tienes miedo. —Pregunta Reddish mientras contempla al cielo también. Y mientras observa con más atención, de inmediato me mira con ojos llenos de miedo.

—Las... —Ella empieza a decir y yo termino la frase con ella al mismo tiempo. —...Luces del Norte.

En ese momento es que oímos los sonidos distantes de una orquesta tocando a todo dar. Nos volvemos una vez más, buscando el lugar de origen de la música y al instante nos encontramos todos mirando hacia la oscuridad del río. Mientras más afinamos el oído y ubicamos la melodía que se acerca, lo que se escucha bien es una pieza musical anómala tocada por una banda con todo tipo de instrumentos. A través de la neblina del río, apenas si podemos ver las imágenes borrosas y brillantes de lo que parecen ser luces de un árbol de navidad, pero poco después, lo que salta a la vista son las siluetas de una procesión de barcazas enormes que rápidamente capturan nuestra imaginación. En ellas, van criaturas de todos los colores y parecen estar pasándola de maravilla, bailando, cantando, riéndose a carcajadas limpias y saltando por todos lados. Los relucientes instrumentos musicales pronto saltan a la vista: clarinetes, trompetas, baterías, violines, pianos, etc. Pero al enfocar más aun nuestra vista, nos espera una gran sorpresa. ¡Todas las figuras que están de fiesta y celebrando, parecen estar flotando en el aire y son transparentes!

—¿Son esas lo que pienso que son? —Pregunta Greenie.

Justo después que sus palabras flotan en el aire, las barcazas se detienen en seco, como si hubieran llegado a su destino y es allí donde la estampida se desata. Los coloridos y traslucidos individuos salen volando en todas las direcciones a través del cielo de la noche de la misteriosa ciudad. Para nuestro gran horror, un número de ellas se dirigen a nosotros.

—Estos deben ser candidatos a aprendices, —comenta volando frente a nosotros una figura borrosa color purpura, vestida como un pirata con los dientes podridos.

—¿Qué es lo que estamos supuestos a hacer con ellos? —Pregunta una figura amarillenta y translucida vestida como una cortesana.

A ambas figuras se les unen otras dos que lucen todavía más amenazantes. Pronto forman un círculo en el aire alrededor de nosotros, como tratando de decidir cual es el próximo paso a dar. En un instante siento la presencia de Thumbpee en mi hombro.

—Este es el desfile de todos los fantasmas, espíritus y almas perdidas de los magos alrededor de todo el mundo. Siempre aparecen a perturbar y crear disrupción en la comunidad, —susurra Thumbpee en mi oído.

En ese instante, nosotros seis empezamos a flotar y veo el espíritu amarillento dirigiendo nuestros movimientos con unos gestos de sus manos hacia arriba. A seguidas, de manera abrupta, nos mueve hacia adelante. Es solamente cuando estamos suspendidos en el aire, arriba de las aguas congeladas del río Vlatva, que nos damos cuenta de la seriedad de nuestra situación.

—Jóvenes, ¿qué están haciendo en Praga y en particular aquí esta noche? —Pregunta una figura azulenca vestida como un bufón de la corte.

—Estamos en la búsqueda de las seis estatuas del Orloj, —respondo con ansiedad.

—Ya veo, pero se les olvido decirnos ¿cómo es que llegaron aquí esta noche? — Pregunta la figura translúcida de bufón de la corte.

Permanecemos callados no sabiendo que responder.

—Como, por ejemplo, la impulsividad de uno de ustedes ha puesto a la pandilla entera en la situación que se encuentran, —el bufón transparente continúa. —Algunas veces las malas decisiones traen graves consecuencias que cambian el curso de nuestras vidas. La pregunta es ¿qué va a pasar con ustedes ahora?

Las figuras volantes se ríen entre ellas cuando nos ven en estado de pánico. Pero no nos dan el chance de hablar con ellas, ya que, todavía riéndose a carcajadas, se encojen de hombros y desaparecen en la noche mientras nos dejan flotando en el aire a cerca de 30 pies de altura sobre el río.

—Ya nos encargaremos de ellos cuando terminemos, —dice la figura púrpura mientras se aleja volando por los aires.

—No, no podrás. Cuando la temperatura baje un par de grados más, todos ellos van a caer al rio, —responde el espíritu amarillento de la cortesana.

—Entonces el reto para ellos será encontrar los poderes internos que poseen y que les sirvan para la situación, —observa la figura púrpura con tono escéptico.

Mientras tanto nosotros los seis estamos paralizados por el miedo.

—No me puedo mover, —grita Reddish.

—Nada de que sostenerme, —balbucea Greenie.

—Ni de que agarrarse tampoco, —susurra Checkered.

—¿Qué hacemos Blunt? —Pregunta Breezie con la voz rota.

Pero cuando estoy a punto de responder, todo lo que se puede oír son nuestros gritos de terror porque de repente nos dirigimos en caída libre y a toda velocidad hacia el río. Aprieto mis brazos, cierro los ojos y me preparo para lo peor. Cuando estoy a punto de hacer impacto con la superficie cierro más los ojos, pero nada sucede, no siento el agua congelada del rio. Miro de reojo y veo que estoy parado sobre una capa delgada de hielo y a mi alrededor están mis cinco compañeros arlequines parados al lado mío, con rostros igual de sorprendidos.

—Ahora podemos caminar sobre hielo y fuego, —anuncia Reddish recordando uno de nuestros poderes.

—Caminemos en vez de correr, —les digo a todos mientras marchamos, con caras de alivio, hacia las riberas del Vlatva.

—¿Hacia donde vamos ahora? —Pregunta Checkered una vez que estamos en tierra firme.

—A la ciudad, continuemos nuestra búsqueda mientras regresa el poder de hacer portales, —exclama Firee con una voz llena de entusiasmo y alivio.

Brincar y saltar entre edificios usando los capiteles como catapultas es divertido, pero no lo son los chichones, raspones, moratones y las caídas. Sin embargo, hacerlo sin motivo alguno llevados por nuestra edad hace que casi nos olvidemos del amenazante cielo iluminado de la noche. Es una experiencia totalmente diferente, quizás por lo excitante, el problema es lo extremadamente riesgosa y peligrosa que resulta.

En el perfil de la noche podemos ver incontables espíritus volando desenfrenados y de forma caótica en todas las direcciones. Están, como usualmente lo hacen, causando pánico y desastres en toda Praga, ya que parecen andar por su cuenta sin que nadie los detenga o interrumpa. Se les ve casi en cada esquina de la metrópolis. Hacemos lo posible para permanecer fuera de su rango de visión, pero al fin y al cabo, lo que los distrae es divertirse asustando, disturbando y perturbando a todo el mundo. Así que ni se percatan de nuestra presencia.

Al cabo de un largo tiempo, vemos a los espíritus regresar a las barcazas iluminadas y poco después el sonido de la música se siente de nuevo a lo lejos anunciando la continuación del desfile de barcazas a través del rio. Los seis respiramos aliviados al verlos irse. Mientras, miramos a hurtadillas una plaza pequeña donde vemos por primera vez a la pequeña dama de traje brillante de color rojo sentada en la ventana de un edificio barroco de cinco pisos. En un instante se desvanece y buscándola recorremos con la vista los otros balcones de la plaza.

—Allá está, —Checkered señala hacia otro balcón, no muy lejos del primero.

Y en una fracción de segundo desaparece de nuevo. Finalmente, después de haber concluido sus actos de desaparición, permanece en un solo lugar.

—No ha parado de mirarnos, —dice Checkered.

—¿Cómo lo sabes? —pregunto yo.

—Observen, su mirada está fija en nuestra dirección. Hasta la puedo ver sonreír en estos momentos, —responde Checkered.

—Parece que ahora está haciéndonos gestos, —dice Firee. Hago lo mejor posible para verla en la distancia y me doy cuenta de que en efecto está haciendo señas para que vayamos hacia ella.

A seguidas, a través de las paredes de los edificios, nos acercamos a su ventana donde está todavía y en ese momento nos damos cuenta de que estamos nuevamente con nuestras ropas de calle.

—Ah los arlequines están aquí y mucho antes de lo que esperaba, —ella dice con picardía, guiándonos hacia adentro.

—Nuestro reloj de tiempo se adelantó inesperadamente, —dice Checkered.

—Ya veo, por favor entren, —ella pide al abrir una ancha puerta de vidrio.

Todos nos detenemos de súbito, impactados al ver las letras rojas pintadas en semicírculos en la entrada.

Tetrikus, Escritos Antiguos Para El Espíritu y El Alma
(fundada hace mucho, mucho tiempo atrás)

Entramos en un lugar enorme, un anfiteatro convertido en librería, decorado como en los tiempos de antes, con un telón hecho de tela gruesa roja en el escenario y piso viejo de madera. Las estanterías de libros están por todos lados.

—Me llamo Paulina Tetrikus y soy la dueña de este renombrado establecimiento.

Nosotros nos presentamos uno a uno y tenemos su atención total al hacerlo. La señora Tetrikus es de baja estatura y jorobada de espaldas, tiene un bello rostro con un gesto de enfado y su pelo largo está cortado casi al ras. Sus ojos, verdes y serenos evitan mirarnos a nuestros ojos por algún motivo.

'Apostaría que tiene un muy mal genio y que se le van fácilmente los fusibles', reflexiono mientras la observo.

—He estado observando sus aventuras. Me he percatado que algunos de ustedes tienen envidia de lo que otros tienen versus lo que ustedes tienen o no.

Todos asentimos con nuestras cabezas reconociendo la presencia de este tipo de actitudes en nuestros comportamientos.

—Aquí tengo un escrito antiguo que calza a la medida acerca con lo que hemos estado hablando, permítanme leérselo, trata acerca del veneno existencial de la envidia.

Los tres panaderos de Bavaria

Erase una vez tres panaderos en la ciudad de Fürstenfeldbruck, cerca de Múnich, en la pistoresca región de Bavaria, al sur de Alemania. Dieter, Kurt y Helmut eran amigos de la infancia y empezaron a hornear desde una temprana edad ya que el mejor hornero de la ciudad, Hans Neumann, el padre de Dieter, les sirvió de maestro y ejemplo. Neumann creaba sus mejores recetas y nuevas creaciones en secreto en su casa, en una edificación separada donde mezclaba y preparaba sus pastas mágicas. Su laboratorio de hornear siempre estaba atiborrado con todas las herramientas, utensilios e ingredientes que utilizaba, incluyendo un enorme horno desde el cual emanaba constantemente el olor mágico de las delicias de repostería, pastelería y panadería recién horneadas.

Antes o después de clase, los tres niños curiosos se asomaban por la ventana para observar al gran maestro panadero Neumann cuando trabajaba en su laboratorio de repostería y salían corriendo cada vez que él se daba cuenta que ellos estaban allí. Pero el dulce aroma de todo tipo de panes, pasteles, tartas y tortas siempre los hacía regresar. El panadero siempre estaba consciente de su presencia y los dejaba estar. No solo le divertían las travesuras de los tres niños al jugar a las escondidas, sino que, aun más importante para él, la persistencia del trío le aseguraba un genuino interés en el oficio de panadero. Un buen día, cuando sintió que estaban listos para ello, repentinamente se volvió y los miró fijamente, sin previo aviso y fuera de guardia, mientras fisgoneaban desde la ventana.

—No tienen por qué esconderse, —les dijo el señor Neumann desde su mesa de trabajo al trío de ocho añeros. —Entren, no tengan pena, —les instó y el grupo de sorprendidos jovencitos le hizo caso de inmediato.

Y el panadero no los defraudó. Pocos instantes después les ofreció a probar pedazos de los mejores tartas, tortas y pasteles. Ninguno de ellos había probado en sus cortas vidas manjares tan deliciosos.

Al principio, los sentaba a que lo vieran trabajar, pero a la medida que pasó el tiempo, empezó a explicarles, paso a paso, no solo en que consistía hornear y lo que estaba horneando, sino también cómo lo estaba haciendo. A seguidas, los empezó a involucrar en lo que hacía hasta que aprendieron a hornear por sí solos. Predeciblemente, los tres se convirtieron en panaderos: Dieter en maestro pastelero ofreciendo las mejores confituras y dulces de la ciudad, Kurt se convirtió en el mejor panadero del lugar, ofreciendo más de cien tipos de panes distintos en su negocio y Helmut se hizo famoso en toda la región por su gran repostería, en particular las tartas y tortas de bodas que no tenían comparación alguna.

Desafortunadamente el éxito de cada uno también marcó el fin de la amistad entre ellos, ya que se volvieron feroces competidores y rivales en su oficio y negocios.

Kurt (El Panadero)

—Kurt, no hay mejor pan en toda Bavaria que el suyo, —le dice María Schmidt, una cliente habitual, alabando la gran variedad de panes ofrecidos por él en su famosa panadería. —

Y el aroma del pan recién hecho es como ninguno. Cada vez que estoy cerca lo siento y me muero por entrar, —añade la señora Schmidt.

—Estoy de acuerdo, no hay mejor panadero en el sur de Alemania. Adoro su pan negro, suave y caliente por adentro, crujiente y tostado por afuera. Una rebanada de pan con mermelada natural y un pedazo de queso Emmenthal es como estar en el cielo, —dice Claudia Hoffbecker otra de sus leales clientes.

—Gracias por sus comentarios, pero no me los merezco, —responde cortésmente Kurt, aunque su mente está en otro lugar.

—De qué sirve ser el mejor panadero de la ciudad cuando la pasión y sobre todo las ganancias de este negocio están en hacer tortas y pasteles, —protesta Kurt refiriéndose a los negocios de Dieter y Helmut.

Helmut (El Repostero)

Como es usual, la larga cola da la vuelta a la esquina con mucha gente esperando para sentarse y disfrutar de las tortas de la cafetería de Helmut.

—Cada todas las semanas, en los días sábados, manejamos desde Stuttgart para disfrutar sus manjares. Las tortas de Helmut nos fascinan, —dice con pasión Birgitte Müller.

—Y nosotros compramos dos y tres cada vez para llevarnos algunas a casa, pero nada se compara con disfrutarlas aquí en el café cuando están recién hechas, apenas salidas del horno, —dice Angela Schlusche a su gran amiga.

Helmut contempla a sus clientes desde las ventanas de su oficina, esperando pacientemente en fila para poder sentarse en el café de su repostería. Sin embargo, su rostro no refleja satisfacción o alegría.

—De qué sirve tener tanta lealtad de parte de mis clientes si todo el dinero se hace en el pan y los pasteles, —se lamenta Helmut refiriéndose a los negocios de Kurt y Dieter.

Dieter (El Pastelero)

Mientras Ulrich disfruta de un "Rote Grutze" con abundante crema blanca, Franz está deleitando el aun caliente "ApfelStrudel", mezclado en su boca con un poco de helado de vainilla.

—Hola Dieter, mi admirado artesano pastelero, dime, ¿tus rivales, Helmut el panadero y Kurt el rey de las tortas son mejores que tu? —Le pregunta muy en serio su viejo amigo Ulrich.

—No, de ninguna manera, de hecho, todos somos muy buenos en cada una de nuestras especialidades, —Dieter responde.

—Entonces cual es la naturaleza del problema entre ustedes? —Pregunta su otro amigo Franz.

—Helmut y Kurt sufren de la misma aflicción. No saben como disfrutar de su éxito, porque, entre otras cosas, pasan la mayor parte de su tiempo criticando lo que hacen otros, y aun peor, viven comparándose y envidiando lo que los demás tienen y ellos no, por lo que nunca son felices, —Dieter reflexiona con profunda sabiduría.

Cada uno de los tres amigos de la infancia han logrado gran éxito por sí solos. Todos disfrutan de una excelente reputación, haciendo productos de gran calidad y han obtenido un sólido éxito económico como consecuencia. Y, sin embargo, solo uno de los tres parece disfrutarlo. El único de ellos que acepta y reconoce sus fallas y defectos es Dieter, quien es un gran pastelero, pero no tan buen panadero o repostero de tortas y aun así no envidia el que sus amigos de infancia sí lo son. Dieter simplemente es feliz con lo que hace y lo que tiene sin venenos artificiales que afecten su trabajo y vida diaria.

La señora Tetrikus nos observa con una sonrisa benevolente.

—El aprender a disfrutar lo que uno hace y lo que tiene, sea lo que sea, es la fórmula para ser felices en la vida, —ella nos dice mientras extrae el ya usual sobre blanco de su bolsillo y me lo entrega.

El sobre lee la Envidia.

—Y ahora continúen con su búsqueda antes de que se les agote el tiempo, —dice la señora Tetrikus antes de desvanecerse.

Y en un instante estamos de regreso al mismo techo desde donde la divisáramos anteriormente. Ya llevamos nuestras ropas de arlequín de nuevo y todos nos sentimos ansiosos por abrir los sobres, ahora que tenemos otros dos. Todos se reúnen a mi alrededor.

'Lo mejor es que se abran en pares', recuerdo una vez más las palabras de Thumbpee.

Abro los dos sobre y le paso el de la Generosidad a Greenie y el de la Envidia a Checkered para que los lean.

—Los seis anticuarios, con sus virtudes y defectos, estarán presentes cuando traten de cruzar el túnel, —lee Greenie.

—Solo con el conocimiento completo de todo lo que han aprendido en el camino, tendrán la sabiduría necesaria para superar los obstáculos que se van a encontrar, —dice una exaltada Checkered.

Al no entender ninguna de las dos pistas, el entusiasmo en revelar las dos más se borra rápidamente, hasta que de nuevo y como es usual en él, Thumbpee reaparece en mi hombro.

—Con un propósito firme y claro serán capaces de ver quienes son las personas en realidad y no lo que pretender ser, —nos dice como quien no quiere la cosa.

—Otro poder y ¿cuándo lo usamos? —me vuelvo a preguntar, pero es algo fútil, ya que el hombre miniatura ya se ha marchado.

—Tenemos que regresar, —nos recuerda a todos Firee.

—¿Estamos todos de acuerdo en esto? —Pregunto. —No queremos volver a cometer el mismo error, —les advierto y todos asienten. —Okey, ¿a dónde quieren ir? — Pregunto.

—Al mismo lugar, —responden en unísono y yo asiento también.

Paso mi mano de derecha a izquierda en el aire frente a mí, pero no pasa nada. Uno a uno los otros hacen lo mismo hasta que Checkered lo hace y el portón borroso hace su aparición ante nosotros. Ella lo cruza primero y en un instante los demás la seguimos por segunda vez, esta vez creyendo saber lo que hacemos. Cuando salimos al otro lado, el sol brillante del mediodía en Praga nos ilumina, cegándonos por unos instantes, pero nos importa un bledo. Se siente de maravilla estar de vuelta en el tiempo, con suficientes horas por delante para completar nuestra búsqueda. O por lo menos eso es lo que creemos.

—Vayamos entonces hacia Staromestske Namesti (la plaza principal de la ciudad antigua) nuevamente. Tenemos que hablar con el Orloj, —les pido y todos marchan conmigo sin chistar.

Capítulo 7

El Hombre Redondo

Estamos parados frente al Orloj, pero no hay movimiento de la esfera o de sus manecillas. Absolutamente nada. ¡El magnífico reloj parece no estar vivo!

—Vengan por aquí aprendices, —dice una voz familiar.

Totalmente confundidos nos volvemos, buscando de donde viene la voz de trueno, pero no damos con ella.

—Por aquí, acérquense, siéntense conmigo, —dice un hombre redondo con un bigote gigantesco.

Perplejos todavía, caminamos hacia el, pero a medida que nos aproximamos todo empieza a tener sentido. El parecido es inconfundible e incuestionable.

—Es usted… —Empiezo a preguntar al hombre redondo.

—Por supuesto, quien más podría ser. Este soy yo durante el día, —El Orloj anuncia mientras aspira y exhala un enorme habano.

Al acercarnos aun más a la versión humana del Orloj, me percato que Thumnpee está de regreso en mi hombro y predeciblemente, con el zumbido frenético de sus alitas bateando, Buggie también lo está.

—Orloj, hemos aprendido el poder de la humildad y los peligros del orgullo. Nos hemos dado cuenta de cuanto llena la generosidad y cuan desagradable y autodestructiva es la envidia, —dice filosóficamente Firee.

—Ya me han informado acerca de sus progresos y no pudiera estar más complacido arlequines, —reconoce el hombre redondo mientras tuerce su bigote a los lados, incesantemente.

—Pero todavía no tenemos las más mínima idea de lo que las pistas significan, —dice Reddish.

El Orloj nos contempla a todos con ojos benignos y divertidos.

—Todo a su tiempo, todo a su tiempo. Sean pacientes, eventualmente lo entenderán y tendrá sentido para ustedes y esto será probablemente al final de su búsqueda, —nos dice el esférico, pero preciso medidor de tiempo.

Repentinamente, el zumbido de las alitas de Buggie se intensifica y el bateo de sus alas se torna casi frenético. A seguidas, empieza a volar alejándose lentamente como si estuviera invitándonos a seguirle. Torpemente y a tumbos seguimos al insecto volador.

—Le veremos pronto de nuevo, —me despido del Orloj mientras me marcho apurado.

—Despreocúpense arlequines, váyanse, váyanse. Prefiero los encuentros de este tipo, cortos y al grano, —declara la versión callejera del viejo reloj.

—Hacia donde va Buggie? —Pregunta Greenie mientras trotamos detrás del ruidoso insecto volador.

Atravesamos Staromestske Namesti, siguiéndolo.

—¿Y qué importa adonde va? Todo lo que nos ha señalado hasta ahora, ha sido no solamente acertado, sino que además ha resultado o bien en una estatua, sus negocios, una virtud, un defecto o sus respectivas pistas, —argumenta Reddish.

Delante nuestro, en la parte más lejana de la plaza, hay una pequeña muchedumbre. El minúsculo rayo laser verde de Buggie está apuntando a la espalda de una mujer alta de figura estatuesca. Tiene el pelo rubio en una trenza y forma parte de un cuarteto que está tocando música en la calle con un piano, un colorido acordeón, una trompeta y ella en el violín. El cuarteto toca melodías que a veces parecen blues y jazz y en otros momentos parecen melodías extraídas directamente del barrio bohemio de Monmartre en Paris. La mitad de los espectadores están parados y los demás flotan en el aire en poses diferentes. La ropa de la audiencia es excéntrica, prácticamente cada color en el espectro de la luz está presente. Cada vestimenta de los cuatro artistas es brillante e incandescente, ya que, literalmente, pequeñas estrellas y rayos saltan de ellas en cada nota musical alta, para el deleite de los espectadores quienes aplauden cada vez que esto sucede.

—¿Quieren ser parte del espectáculo? —Dice un hombre de tamaño mediano con un bigote y cejas muy espesos que viste como un empleado funerario de principios del siglo veinte, incluyendo un altísimo sombrero de chistera y todo.

'Este es un hombre un poco intimidante', pienso para mis adentros.

—Sí, ¿por qué no? —Interrumpe mis pensamientos Checkered impulsivo.

Instintivamente, los seis nos pegamos unos con otros para no quitarle la vista a la mujer alta delgada y rubia mientras toca el violín. Al integrarnos más al público me empiezo a sentir incómodo al darme cuenta de que un grupo de hombres, todos con la misma mirada amenazante del empleado de la funeraria y vestidos como una réplica de él, nos están rodeando, ¡liderados por él mismo! Lo próximo que ocurre es súbito e inesperado: cada uno de ellos, con movimientos precisos y deliberados de sus manos, parecido a un saludo militar, controlan nuestros brazos y los alzan contra nuestra voluntad. Una posición de manos arriba involuntaria, causada por la magia. Entonces en sucesión rápida mientras se nos aproximan, nuestras piernas también son levantadas, mirando hacia arriba. Es una posición muy extraña en la que nos encontramos, como si fuéramos ropas tendidas y colgando para secarse. Allí es cuando, haciendo uso de uno de nuestros últimos poderes, Greenie los ve por lo que son.

—Estos hombres no son quienes pretenden ser, —dice atropellando las palabras.

Al escucharla recuerdo: 'Si tenemos un propósito claro podemos volvernos...'

Y como expreso mi deseo, en ese momento, por primera vez, los seis arlequines nos volvemos invisibles a los otros, especialmente en relación al sorprendido grupo de hombres a nuestro alrededor. Todos estamos nuevamente de pie y yo con un dedo en mi boca pido silencio a los otros cinco para pasar al lado, sin que lo noten, del grupo de hombres amenazantes.

—Son gárgolas, —dice Greenie cuando estamos fuera de rango. Todos asentimos conscientes de ello y agradecidos por nuestros dos nuevos poderes.

Vemos a la mujer rubia alta empacar su instrumento e irse, así que la seguimos a través de las calles de la ciudad de Praga. Lleva su violín como si fuera su propio hijo. En ese momento, nos damos cuenta de que estamos vestidos nuevamente con nuestras ropas de calle.

Capítulo 8

Tiempo de decidir

—¿Estoy viendo bien? Ella se acaba de transformar en una viejecita con bastón, —dice Breezie sorprendido.

Todos vemos el rayo laser verde de Buggie todavía apuntando a la espalda de la vieja mujer, quien ahora arrastra su violín en un pequeño carrito de compras. Camina a toda prisa hacia una pared de adoquines al final de un callejón y justo ante ella, hace un gesto de abanico con su mano y aparece un pequeño túnel enfrente. Entra en él rápidamente y nosotros la seguimos. Después de unos pocos pasos, nuestra presa y nosotros, sus perseguidores, salimos del túnel hacia un parque de la ciudad.

—Oauu, esto si es un atajo de verdad, —dice Reddish con inocencia en sus palabras.

Cambiando nuevamente hacia su apariencia normal, la rubia alta alquila un bote de remo y rápidamente se aleja. Nosotros, la pandilla invisible, trotamos alrededor del lago sin quitarle la vista de encima. Finalmente, llegamos al otro lado del lago hacia adonde ella parece estar remando y allí desembarca caminando hacia la parte de abajo del puente de calle. Se detiene en la mitad del pasaje inferior, nuevamente pasa la mano enfrente de ella y camina hacia un pasadizo estrecho que se acaba de abrir en la pared. Nosotros la seguimos y la entrada desaparece de inmediato a nuestras espaldas. Las estrellas de David en las lapidas nos hacen percatarnos de inmediato que estamos en el cementerio judío de Praga. La mujer rubia alta camina aun más rápido a través del cementerio, llegando a la parte de atrás en un abrir de ojos, justo desde afuera del cementerio vemos la edificación por primera vez.

Dillibrante y Dillitante Anticuarios

(Fundada hace medio siglo).

—Esta es la única manera de llegar aquí, —dice de repente la mujer alta y nos da la espalda.

Ninguno de nosotros, los seis sorprendidos arlequines, sabemos qué responderle ni que hacer al darnos cuenta de que no puede estar hablándole a nadie más. La estatuesca mujer se vuelve lentamente y nos mira directamente a cada uno a los ojos. En ese momento todos nos volvemos visibles.

—Ustedes pensaron que yo no iba a verlos mientras me seguían arlequines, pues sus poderes de invisibilidad no funcionan con ninguna de las estatuas, —ella dice entrando a su librería e invitándonos con la mano a que hagamos lo mismo. Al entrar nos quedamos inmediatamente impresionados con el atrio de tres pisos en el centro del magnífico edificio. Las estanterías de libros son de la misma altura.

—Siéntense arlequines, —ella dice señalándonos un largo sofá en el medio del atrio. Después de servirnos limonada y galletas va directo al grano.

—Una de las virtudes claves que tenemos que desarrollar en la vida, es la compasión. Cuando mostramos simpatía y pena por el infortunio de otros y cuando actuamos para ayudar, asistir y disminuir las penurias o simplemente deshacernos de ellas, estamos demostrando compasión. Voy a tratar de ilustrarles esta virtud a través de una lectura imperecedera, permítanme leérselas por favor. A seguidas, la señora Dillitante, con todo el esplendor de sus raíces escandinavas, empieza a leer con gusto.

El tigre malherido

Él se esconde entre las hojas amarillas y verdes,
sostenido por las ramas de un árbol majestuoso,
su cuerpo es enorme y poderoso.

Permanece a la espera, agazapado.

Su árbol es uno de los pocos
que quedan en pie en esa árida y desforestada
zona de la selva.

Todo a su alrededor está chamuscado
o simplemente no sobrevive el intenso calor
del inhóspito lugar.

El sagaz animal espera al acecho,
listo para atacar.

Está inquieto, impaciente y muerto de sed.
Su boca y garganta están extremadamente secas.
Pero está hambriento y eso nubla
sus instintos de supervivencia.

En este momento su único foco de atención
es una joven gacela, jugando a la vencida,
separada de su manada y acercándose más y más
a la zona de la muerte donde la bestia la va a atacar
y en la cual no podrá salvar su vida.
Sin saberlo el tigre cazador

está a punto de ser cazado también.

Dos francotiradores lo tienen en sus miras telescópicas
apuntándole directamente.

Allí es cuando,
simultáneamente,
el tigre se mueve casi que imperceptiblemente,
listo para saltar sobre su presa,
justo cuando ambos cazadores
disparan sobre él,
esto causa que ambos tiros fallen,
El tigre sale huyendo
a sabiendas que su vida está en juego.

Mientras la bestia en fuga
en estado de pánico se aleja,
su velocidad es frenética, caótica y precipitada.

Cuando el bello animal está casi fuera de su alcance,
los cazadores logran hacer dos disparos más,
un tiro falla y el otro roza su espalda,
y aun cuando le causa un pequeño tumbo,
no logra bajarle la velocidad.

Segundos después el tigre se pierde en el viento.
Finalmente, después de un escape que parece interminable
el tigre herido logra llegar con su pandilla.
Se acuesta y después de unos pocos gemidos y jadeos,
se desvanece.

Un hilo de sangre le corre por la espalda, patas y torso.

Un par de tigresas se le acercan
y empiezan a lamer su herida,
una pandilla de tigres jóvenes hace lo mismo,
pero solo los más chiquitos
pueden alcanzar la sangre que se ha esparcido
hasta las patas del tigre.

Los pequeños lamen divertidos y con gusto
la substancia roja.

—Quizás en esta oportunidad nos desharemos de él
de una vez por todas, —dice uno de sus rivales.
—Sinceramente espero que tus deseos se hagan realidad,
—le responde otro miembro masculino de la pandilla.
—Estoy harto de un superhéroe entre nosotros, —continúa.
—Quizás debemos movernos todos de aquí,
los cazadores pudieran estar todavía detrás de él.
—¿Y abandonarlo aquí?
—A quien le importa,
es probable que de todas maneras no sobreviva.
—Ya se hizo demasiado tarde para ellos,
es demasiado peligroso en la oscuridad,
fácilmente pueden pasar de cazadores a cazados.
Ellos se han marchado ya.
Además, en esta pandilla
nunca dejamos nadie atrás.

De repente,
una pequeña conmoción de rugidos
señala algo anormal.

Un par de tigre de otra pandilla,

se acercan dudosos al tigre malherido.
Todo el mundo está alerta y tenso.

Pero los visitantes
no están en plan de ataque.
Empujan suavemente a las tigresas a un lado
y estas se apartan reacias,
pero permanecen cerca.
Los visitantes empiezan
a lamer la herida con intensidad.

A seguidas, uno de los tigres visitantes
roza la herida con su zarpa,
la cual está llena de una caliza blanca.
La esparce por toda ella varias veces.
Segundos después,
los tigres visitantes se marchan.

A la mañana siguiente,
el tigre malherido se levanta
y camina con dificultad,
Pero su herida se está curando rápidamente
y se prepara para ir de caza nuevamente,
una vez que se haya mejorado,
y seguir haciendo lo que siempre ha hecho
por su pandilla,
que es proveer sus alimentos y sustento sin parar.

—Arlequines, como han podido ver, la compasión no es solo el pensamiento, pero también la acción, —nos dice la sabia anticuaria con el pelo blanco.

—La verdad es que yo no pensaba que había mucha compasión dentro de mí, hasta ahora, —dice Checkered mientras los otros cinco asentimos con la cabeza, reconociendo que es un problema colectivo.

—Porque desde que era pequeño, se me enseñó, una y otra vez, que tenía que mantenerme lejos de los débiles, de otra manera ellos me arrastrarían hacia abajo con ellos. Equivocadamente, se me enseñó que los fuertes se unían y asociaban únicamente con los fuertes y que en la vida nunca se puede ser débil, —continúa Checkered.

—¿Y qué aprendieron en el día de hoy? —Pregunta la señora Dillitante.

—Que no tiene nada de malo ayudar a los débiles, —respondo yo.

—De hecho, si es posible actuar, es una obligación moral preocuparse por el infortunio de otros, —afirma la anticuaria y todos asentimos en genuino acuerdo con ella.

—¡Felicitaciones!, —dice ella mientras nos observa con ojos benignos y complacidos. A seguidas, pasa su mano frente ella en cámara lenta y es así, simplemente, como tanto el lugar como la señora Dillitante se desvanecen y en un instante estamos todos parados de nuevo en el medio del cementerio judío. Y yo tengo el acostumbrado sobre en la mano.

—Léelo Blunt, —dice Breezie y yo lo hago en voz alta.

—La Compasión.

—Pero ¿no es mejor en parejas? —Pregunta Reddish dudosa.

—Estamos a punto de terminar, tenemos que saber lo que nos viene por delante, —dice Firee.

Todo el mundo consiente, por lo que de inmediato abro el sobre.

"Aun cuando van a tener muchas presiones y se van a sentir constreñidos por el tiempo, van a tener que ignorarlo. Para poder lograr el resultado deseado y tener éxito van a tener que actuar sin las cadenas del reloj de tiempo y su tic-tac inexorable, marchando sin parar".

Nos miramos los unos a los otros más perdidos que nunca. Al cabo de un rato, me encojo de hombros y lidero a los otros cinco arlequines fuera del cementerio. Pronto nos damos cuenta de que estamos de nuevo en nuestras ropas de arlequines. Casi que predeciblemente, mi conciencia, en este mundo paralelo, se hace presente una vez más y sentado como siempre en mi hombro derecho con su pierna cruzada, me empieza a hablar.

—Van a tener el poder de leer lo que está en la mente de otros, siempre que no le demuestren este poder a los demás, —anuncia nuestro confiable Thumbpee.

Cuando me vuelvo para hacerle una pregunta importante, mi conciencia liliputiense ya se ha marchado.

—Muchachos, vámonos, todavía tenemos una pista más que conseguir, —les digo.

Capítulo 9

Nunca lo suficiente

Los seis paseamos a través de las calles misteriosas de la ciudad embrujada. El lugar está lleno de todo tipo de actividades de hechicería y magia, no solo escobas voladoras y las pequeñas explosiones con cada embrujo, sino ruidos y silbidos de todo tipo que son escalofriantes y sorpresivos con las ocasionales y estridentes carcajadas de los bufones, incluyendo sus perennes comportamientos de burla y desdén. Thumbpee está de nuevo de vuelta en mi hombro derecho. Ligeramente adelante nuestro, Reddish está parada en frente de un estrecha calle ciega, parece haber entrado en un trance. Una melodía apenas se escucha a lo lejos, los cinco nos volvemos a mirar en la misma dirección que ella lo está haciendo y quedamos igual de impresionados. Un pequeño grupo de unos cincuenta caracteres están viendo a una banda tocar.

—Tres de los cuatro artistas son los mismos que vimos hace poco actuar en la plaza, —dice Checkered.

—Pero la señora Dillitante ha sido reemplazada por el hombre pelirrojo con sobrepeso que está tocando el bajo, —observa Breezie.

—¿Me pregunto por qué? —Pregunta Reddish.

Pero quien capta nuestra atención no es un miembro de la banda sino un espectador como nosotros que es una mata de nervios y no se puede quedar tranquilo. Tiene ojos cansados y sus ropas le cuelgan porque es tan flaco que parece estar enfermo. Su altura es normal y tiene una madeja espesa de pelo castaño en rulos. Habla consigo mismo sin parar y en un movimiento repentino decide irse, y por instinto, yo decido seguirle y detrás lo hacen mis cinco compañeros también.

—¿Dónde se metió? —Pregunta Checkered, ya que adelante de nosotros, después de doblar a la izquierda en un pequeño callejón, lo perdemos de vista.

—Jóvenes, jóvenes acérquense, —son las palabras roncas que oímos a nuestras espaldas. Nos volvemos y lo que vemos bajo un farol de calle roto, es una mujer grande de mediana edad que viste una falda larga de color azul y blanco, igual a su blusa que también es manga larga y en combinación con la pañoleta que lleva en la cabeza. Su pelo de color azabache cae en cascadas y sus ojos son color caramelo. Está tocando la armónica mientras un perro semi-dormido aúlla sincronizado a su melodía y un monito minúsculo, usando un sombrerito de circo, está dándole vueltas al pestillo de una caja musical que rima perfectamente con la música que ella genera. Nosotros observamos y escuchamos su música por lo que parecer ser un largo tiempo.

—¿Qué crees tu?, ¿será el disfrazado? —Le pregunto a Reddish.

—¿Qué quieres decir, ¿el pelirrojo huesudo que hemos estado siguiendo?

—Sí, —balbuceo.

—No, ella es ella, —Reddish confirma,

—Bien, entonces vámonos, —yo digo.

—Esperen, esperen, no se vayan todavía, tengo algo de valor para ustedes, —la señora mayor nos suplica.

Nos detenemos para verla más en detalle, con caras totalmente perplejas. Pero no decimos nada.

—Tengo una proposición para ustedes, —ella nos ofrece.

Permanecemos inmóviles y mudos. Nuestra curiosidad ha sido definitivamente despertada.

—Se que son aspirantes a ser aprendices de mago. Yo puedo hacer un trueque con ustedes de la lista de cómo burlar cada obstáculo al cruzar el túnel que va al castillo, para que así obtengan sus credenciales de aprendices de mago.

—¿A cambio de qué? —Le pregunto.

—De las pistas y poderes que se han ganado.

'Tentador, pero huele raro', piensa Reddish y todos la oímos haciendo uso de nuestros poderes.

'Estamos escuchando tus pensamientos', pienso.

'¿Así que cuando pienso todos me escuchan, excepto la señora?' Piensa en forma de pregunta Reddish.

'Yo digo que lo hagamos', dice Breezie creando dinámica.

'¿Qué pasa si es solo una trampa?' Pregunto yo.

'Si no arriesgamos, no ganamos. ¿Si no tomamos riesgos como poder tener éxito?' —Presiona Breezie. 'Por qué no votamos?' —dice presionando para que tomemos una decisión.

'Esperen un momento, aquí hay algo que no tiene sentido. Si ella supuestamente tiene la solución de como cruzar el túnel, no necesita ni las pistas que tenemos, ni los poderes que hemos adquirido', pienso yo.

'¿Entonces es un truco?' Pregunta Greenie.

'Lo más probable', responde Breezie.

'Reddish, chequea si ella es una bruja y ¿qué es lo que está pensando ahora mismo?' Le pido.

'Okey', ella responde mientras se enfoca en la señora de mediana edad.

'Ustedes no van a creer esto, pero lo que ella está pensando no viene realmente de ella, ¡sino de un tercero que le da instrucciones que decir!'

En ese momento la señora vuelve a la realidad y viéndonos con ojos benignos y llenos de cariño, continúa tocando música con su perro medio dormido y su monito de circo. Aparentemente ignora por completo la oferta que nos acaba de hacer. Allí es cuando vemos el letrero medio escondido por su pelo.

—Ella es ciega, —dice Reddish sorprendida.

—Arlequines, —una voz estruendosa que nos viene por la espalda.

Al volvernos, nuestras ropas de calle están de vuelta con nosotros y del lado enfrente de la calle tenemos al hombre que estábamos siguiendo anteriormente.

—Yo soy Morpheus Rubicom y era quien estaba dándoles las instrucciones a ella, —anuncia con una voz que retumba por todos lados. —¡Los estaba poniendo a prueba en el tema de la avaricia y les quiero decir que han pasado la prueba con todos los honores, felicitaciones! —Nos dice un exaltado señor Rubicom. —Estuvieron a punto de sucumbir a la tentación buscando una salida fácil, pero al final resistieron a través de sentido común, buen juico y tomando decisiones en grupo, —razona. Siempre recuerden esto, la avaricia los puede cegar fácilmente en cualquier momento ya que es el oro de los tontos, el que no existe y al cual perseguimos si nos infecta ese veneno, —continúa. —No podían detectar la mentira porque la señora ciega no estaba mintiendo. Era quien lo estaba haciendo. No fue hasta que se enfocaron en ella, realmente pensando, cuando se dieron cuenta que no estaba pensando por si misma, —nos explica.

—Vengan conmigo, vamos a mi librería.

Después de media cuadra, vemos el anuncio flaqueado por un par de estatuas de gárgolas:

Anticuarios Rubicom, libros acerca de dinero, la fama y el amor

(Fundada muchas generaciones atrás).

Un poco incómodos entramos a lo que torna ser un lugar muy, pero muy, pequeño. Tiene un techo bajo, saturado con libros de pared a pared.

—Mi especialidad es la entrega de libros a domicilio. Rara vez vienen visitantes por aquí, —nos explica el señor Rubicom como leyendo nuestras mentas.

—Apriétense todos en ese banco, —nos pide con un tono que lo da por hecho ya que no hay nada disponible donde sentarse en su negocio. Una vez que nos tiene a todos sentados, continúa. —Arlequines, en el tema de la avaricia, aquí tengo un cuento imperecedero que resume muy bien el concepto entero.

Los labradores del oro en el Cuzco

Julio Velazco-Paina y Ramón Ernesto Soto-Duarte compraban y vendían oro como sus medios de vida. Sus negocios competían ferozmente el uno con el otro. Ambos rivales estaban ubicados en la pequeña ciudad turística del Cuzco. La puerta de Perú hacia Machu-Pichu, donde están las ruinas y restos de una ciudad que en el pasado fue el corazón de la civilización Inca, en las alturas de la cordillera de los Andes.

El negocio de Julio estaba en pleno auge ya que a través del tiempo se había asegurado múltiples fuentes para vender su oro. Innumerables comerciantes, así como personas naturales, unos legítimos y otros no, iban casa de él. Adicionalmente, era un gran instructor y maestro de su oficio, por ello, construyó en pocos años el mejor y más talentoso establo de joyeros y artesanos de oro, todo ello resultando en una joyería de oro que era por mucho trecho la de mejor calidad en la región, quizás en el país entero. Los turistas peruanos y extranjeros adoraban sus productos y venían de todos los países a comprar sus productos. Así que Julio se expandió más y más a través del tiempo. Por otro lado, Ramón Ernesto era mucho más modesto y menos ambiciosos en el manejo de su negocio; se enfocaba en la mejor calidad, pero compraba menos y pagaba más por el oro. Por ello, ofrecía menos variedad de productos y por ende sus ventas eran diez veces menores en tamaño que las de Julio, a pesar de que la calidad de ambos era muy similar. Pero cuando los beneficios se contabilizaban, Ramón Ernesto, con un negocio mucho menos famoso y más pequeño en ventas, ganaba mucho más dinero que Julio. Simplemente, porque al tener menos gastos, a Ramón Ernesto le costaba vender sus productos muchos menos dinero que a Julio. Más aun, cuando la crisis económica azotó al país, Julio tuvo que achicarse aceleradamente, porque de otra manera podría haber tenido que cerrar las puertas de su negocio. Esa es la paradoja de la Avaricia. Aquel que desea y quiere sin limites, ni moderación, siempre pierde a la larga con relación a aquel no poseído por la Avaricia.

Rubicom nos alecciona con profunda sabiduría.

—Arlequines, ustedes han completado exitosamente su búsqueda. Aquí está su sobre. Ahora permítanme irles a buscar unos refrescos y postres.

Breezie recibe el sobre con el titulo de la Avaricia. Lo rompe y abre de inmediato y con nuestro beneplácito empieza a leer excitado.

"Los peligros que les esperan mientras transitan el túnel, van a poner a prueba su buen juicio y sangre fría bajo presión.

Para ello tendrán que poner en practica todo lo que han aprendido”.

—Por lo menos este es entendible, —declaro en voz alta.

Pronto estamos de vuelta a nuestras ropas de arlequín. Todos estamos exhaustos y deseosos de disfrutar las delicias que nos va a traer el señor Rubicom. Los minutos pasan, ya va media hora cuando lo llamamos insistentemente, pero no obtenemos respuesta.

—No va a venir muchachos, —digo al darme cuenta.

—¿Y entonces por qué estamos aquí todavía? —pregunta Firee. —El sitio no ha desaparecido, —observa con tino.

—Solo su dueño se esfumó, —señala Reddish con su sarcasmo típico.

—Esperen un momento, ¿recuerdan la primera de todas las pistas? —Pregunta Greenie.

—La puerta del túnel yace debajo del viejo escrito.

Todos volteamos hacia el libro que el señor Rubicom nos acaba de leer. Greenie instintivamente empuja el libro hacia un lado y en el momento que lo desliza ligeramente, un enorme chirrido hace eco por toda la librería. Un poco más y el sonido se vuelve intolerable.

—Hazlo todo de una vez, —le pido. Y así lo hace.

Una vez que ella mueve el libro hacia un lado por completo, enfrente de nosotros, reemplazando un lado entero de la pequeña tienda, yace la entrada de una cueva totalmente oscura.

—¿Qué es esto? —Pregunta Reddish. —Esperen un momento, ¿es esa la...? —pregunta maravillada.

—Sí, finalmente estamos frente a la entrada del túnel que nos llevará al castillo.

Capítulo 10

El momento de la verdad

La prueba de la Humildad.

Todos entramos en el túnel con mucha ansiedad y temor y de repente llevamos de nuevo nuestras ropas de calle, lo cual significa que se avecinan problemas inminentes. La superficie está mojada y se siente resbalosa, el hilo de agua continua debajo de nosotros. Pronto estamos paralizados con más miedo aun y somos incapaces de avanzar. El primero que pierde el balance soy yo, seguido a continuación por los otros cinco. La superficie es uniforme y ligeramente inclinada. Resbalando por la superficie mojada y sobre nuestras espaldas, empezamos a ganar velocidad y nuestras expresiones de angustia se convierten en sollozos mudos. Progresivamente la superficie se vuelve más y más inclinada, así que cada vez agarramos mayor velocidad. Ahora nuestras voces son simplemente gritos a todo dar.

'Tenemos que usar nuestros poderes', pienso para todos.

'¿Cuál de todos? No puedo visualizar el que puede funcionar para esta situación,' piensa a gritos Greenie.

'Los poderes no nos sirven en el túnel', nos recuerda Reddish.

Pero la conversación es interrumpida por nuestra súbita caída. La superficie termina y somos lanzados por los aires hasta que perdemos velocidad y allí caemos derecho entrando al agua a toda velocidad, en estado de caos: unos de cabeza, otros de barriga y el resto de pie. Es una piscina profunda de agua subterránea. En el momento que salimos a la superficie buscando aire, le respondo a Breezie.

'No puedo encontrar una forma de salir de esto', pienso mientras una fuerte corriente nos arrastra hacia un pasaje estrecho en forma de cono. La compresión del agua en el angosto pasaje acelera nuestra velocidad y en el momento que entramos nos damos cuenta de que es como un tubo de agua cilíndrico que a los pocos metros se torna curvo en forma de espiral. Empezamos a dar vueltas en circulo y nuestros gritos de ayuda son ahora frenéticos, pero no sirven de nada. Nadie nos puede ayudar por estos lugares. Un nuevo salto me saca el aire de los pulmones, lo mismo que a los demás. Aterrizamos otra vez en el tubo de agua y otro salto sigue de inmediato. La situación, a medida que ganamos velocidad, se convierte en un estado de pánico incontrolable.

—¿Qué hacemos? ¡Ayuda! —Grita Reddish.

Otro salto nos envía nuevamente al vacío, pero esta vez estamos mucho tiempo en el aire, por lo que nos estrellamos más fuerte todavía al caer en el agua.

—Lo tengo, lo tengo. Demostremos humildad, —Checkered grita faltándole el aire al hacerlo.

—¿Cómo? —Grita Greenie con una voz llena de miedo.

—Tratemos esto. Simplemente no sabemos, no tenemos ni idea de como salir de esta situación. ¡Favor ayúdenos!

De repente estamos en el túnel, pero perfectamente secos y en ropas de arlequín.

—Bien hecho arlequines, estoy orgulloso de ustedes. Sobre todo, han demostrado profunda humildad en las circunstancias más difíciles. Buena suerte en el resto de su aventura, —dice Cornelius Tetragor, el hombre alto con una enorme barba blanca y bata larga, mientras sale de las sombras del túnel brevemente. Inclina su cabeza y se sonríe.

—Señor Tetragor, que es lo próximo que… —no puedo terminar mi pregunta ya que el barbudo anticuario se desvanece en un abrir y cerrar de ojos.

—A través del hilo de un río y más allá de sus peores miedos, —digo en voz alta. —Ese es lo que el resto de lo que decía la primera pista.

—Bueno ese no fue el hilo de un río, sino más bien un torrente de terror, —dice Reddish con su típico sarcasmo ibérico.

La prueba del Orgullo.

Apenas hemos dado unos pocos pasos en el túnel cuando veo un pequeño punto de luz amarilla frente de mi que parece moverse imitando mis movimientos del cuerpo. Trato de agarrarlo, pero reacciona demasiado rápido.

—Blunt, ¿qué es eso?, esa luz que me está siguiendo, —pregunta Firee.

—A mi también, —balbucea Greenie.

—Miren, está saltando conmigo, —dice Brezzie con voz divertida.

—Fíjense como la mía sigue al vaivén de mi cabeza, —digo yo.

—¿Tiene un punto negro? Luce como un ojo, se siente como si estuviera mirándome, —dice Checkered.

—¿Quieres decir, que nos están mirando de verdad a todos? —Dice una nerviosa Reddish.

—Espeluznante, —balbucea Breezie.

—Ahora tengo dos, —anuncia Breezie.

—Yo también, —le sigue Checkered.

—Yo tengo un tercero, —añade tímidamente Checkered.

Como palomitas de maíz se empiezan a multiplicar a un ritmo impresionante. En nada de tiempo, estamos rodeados por miles de ellas que se organizan en frente nuestro.

—¡Se me están acercando, no me gusta para nada! —dice Greenie soñando muy nervioso.

—¡Me están levantando del piso! —Dice Breezie maravillado.

En un instante estamos todos flotando en el aire como si estuviéramos acostados con miles y miles de luces minúsculas sirviéndonos de colchones. Estamos de una vez más en nuestras ropas de calle y esto nos pone alertas sobre que algún tipo de peligro es inminente, pero todavía no entendemos bien de que se trata el mismo. Allí es cuando la situación se pone súbitamente fuera de control. Mi colchón de luces miniatura me lanza violentamente hacia un lado a toda velocidad. De frente me dirijo hacia una de las paredes del túnel al igual que todos los demás van en diferentes direcciones. Me cubro la cabeza en preparación al impacto, pero, justo antes de que suceda, reboto en un colchón de luces formado a último momento. En rápida sucesión empiezan a lanzarme y atajarme de la misma manera, justo antes de que me estrelle. Lo mismo le está pasando a los otros. A seguidas, las luces diabólicas me suspenden de cabeza y sosteniéndome solo por un pie. Allí me empiezan a mover lateralmente y a los otros en la misma posición, hasta que estamos arriba de lo que parece un pozo sin fondo. Antes de que tenga tiempo de reaccionar, me lanzan al vacío. El efecto de mi grito aumenta exponencialmente por los ecos que se generan en las paredes mientras voy en caída. ¡Los benditos puntos de luz me siguen mientras caigo!

'¿Qué? ¿Se están burlando?', me pregunto en un estado de pánico total.

‘¡No! están creando un frase,’ me doy cuenta mientras empiezan a formar una palabra.

‘Abajo te esperan lanzas puntiagudas apuntando hacia ti, además hay antorchas con llamas feroces de fuego esperándote... ¿te gusta?... ¡jajaja!

La velocidad del viento en mi cara duele y hace que se me haga difícil ajustar la vista y mirar hacia abajo, pero lentamente, a través de la oscuridad, empiezo a ver pequeños destellos de luz.

‘¿Qué es lo que te quedan?’ Pienso como en cámara lenta.

‘Solo unos segundos’, me respondo sin saber que hacer.

Puedo oír los gritos de mis compañeros, seguramente igual que yo, cayendo hacia el mismo lugar. Extrañamente, mi pensamiento se vuelve más claro segundo a segundo y de una manera que no lo puedo entender; el tiempo empieza a parecer como transcurriendo cada vez más lentamente y lo mismo parece estarle sucediendo a los otros y lo se porque empezamos, aunque de manera inesperada, a transmitirnos nuevamente nuestros pensamientos.

‘¿Qué hacemos Blunt?’ Brezzie me sorprende con sus pensamientos que penetran claramente en mi mente a pesar de que vamos en caída.

‘¿Cómo es que está pasando esto?’ Les pregunto.

‘Estamos aprendiendo a manejar estrés y presión,’ responde Firee con oportuna sabiduría.

‘Lo se, lo se, ¡lo tengo!’ anuncia Checkered llena de emoción.

‘Bueno, lo mejor es que te apures, esas luces abajo de nosotros están aproximándose rápidamente. ¡Están cada vez más cerca!’ Dice Greenie con cautela y nervios a la vez.

'Nos tragamos el orgullo y reconocemos que no podemos resolver este problema sin la ayuda de las estatuas,' continúa Checkered.

—Estatuas, ¡necesitamos su ayuda para salir de esta situación! —Checkered les suplica en voz alta.

Y en un santiamén, aun cuando en una sección diferente, estamos todos de vuelta de pie en el túnel y no hay señal alguna de las maléficas y perversas luces.

—Jóvenes, a veces en la vida, todo lo que necesitamos es poner nuestro orgullo a un lado y pedir ayuda. Y eso es lo que acaban de hacer. ¡Felicitaciones! —Dice Lazurus Zeetrikus, el hombre alto con el sombrero de chistera doblado de un lado, quien nos da la bienvenida con una sonrisa gigantesca.

Esta vez ni siquiera tratamos de decirle algo y predeciblemente se desaparece en un instante y justo después estamos con nuestras ropas de arlequín. Mirándonos los unos a los otros sabemos que tenemos que seguir avanzando, pero inesperadamente, Reddish toma una iniciativa muy particular, llena de exuberante pasión latina.

—Okey, vengan todos que les voy a dar un abrazo, —ella dice y todos nos abrazamos en un apretón gigantesco. Algunos lloran, otros se ríen, estamos totalmente aliviados y de alguna manera la tensión se ha ido.

—Los peligros que les esperan, mientras transiten el túnel, van a poner a prueba su buen juicio y sangre fría. Bajo presión tendrán que poner en practica todo lo que han aprendido, —recuerdo en voz alta otra de las pistas ante la realización y asentimiento de los demás.

La prueba de la Generosidad.

Caminamos unas cien yardas hasta que algo extraño sucede: nos envuelve un absoluto silencio. No podemos oír ni siquiera nuestras propias pisadas, mucho menos nuestras voces. El lugar entero se ha vuelvo totalmente mudo. En las luces febriles del túnel todos nos miramos con caras de intriga, cuando vuelven nuestras ropas de calle y eso nos pone tensos a todos. En eso oímos un distante tic tac, pero nada más. Al movernos unos pasos más, el tic tac es más bien como muchos tics tacs, más adelante son incontables y de cerca el ruido es simplemente abrumador. Un autentico rugido de tic tacs. Allí es cuando los vemos, miles de relojes, algunos de pared, otros en forma de armario, redondos, cuadrados, rectangulares y redondos, con números romanos o sin numerales, con barras o digitales. Todos ellos haciendo tic tac. con un sonido ensordecedor. De repente, nos separan en semicírculos formando las maquinas de medición de tiempo alrededor de cada uno de nosotros. Estoy rodeado de relojes. Al principio, la luz intensa que emanan me ciega, pero mis ojos se ajustan y veo que cada uno de los relojes tiene una pequeña pantalla de video. Al mirarlos de más de cerca, me llevo una gran sorpresa e impresión al darme cuenta de que cada pantalla tiene imágenes diferentes de momentos de mi vida, aunque corren a alta velocidad, así que se me hace difícil apreciar los detalles de las memorias visuales que corren en frente de mi. Instintivamente trato de ajustar la velocidad con que corren. ¡Intento hacerlo manipulando las manecillas del reloj y funciona! Las manecillas largas de los minutos responden mejor para observar los pequeños detalles de mi vida pasada. ¡Al ajustarlas se corrigen todas las pantallas! Las manecillas más cortas de las horas, son perfectas para hacer más lenta la historia completa y la visión entera de los capítulos de mi vida. Veo a mis tíos y tías, a mis padres adoptivos mucho más jóvenes, le hecho un vistazo a mis rabietas, pataletas, malacrianzas y travesuras de todo tipo, y me quedo con la boca abierta y paralizado de la emoción cuando veo las imágenes de mis fallecidos padres biológicos. Las lagrimas corren a borbotones por las mejillas cuando me veo nacer. Tiemblo cuando me percato cuanto se amaban el uno al otro. Ambos tan jóvenes, mi padre fuerte y buenmozo. Mi madre con una belleza etérea y eterna. El tiempo vuela y la ultima imagen que llego a ver, es una que nunca olvidare: mis padres le dicen adiós y le soplan un beso a su bebe —que soy yo— y por un momento pareciera que el gesto está dirigido hacia mi en el presente.

—Muchísimas gracias, —digo en voz alta. —Sea como sea la manera que esto ha sucedido, quienquiera que sea que hizo esto, simplemente ha sido maravilloso, —digo con una voz entrecortada y los sentimientos a flor de piel.

En un instante, estamos de vuelta en el túnel con un camino abierto en frente de nosotros. Nos vemos los unos a los otros intensamente y de inmediato nos damos cuenta por la emoción de nuestros rostros, que todos hemos tenido experiencias similares.

—Arlequines, acaban de experimentar sus vidas ocurriendo a través del tic tac de un reloj. Les ha sido conferido un regalo magnífico, el cual se merecen y se lo han ganado a través de un gran esfuerzo. Todos han demostrado un decoro impecable al expresar su profunda gratitud por haber revisitado recuerdos memorables de sus vidas. Y esa es siempre la mejor recompensa a la generosidad. Cada uno de ustedes fueron testigos por primera vez de momentos cruciales de sus vidas y todos ustedes reaccionaron inmediatamente con gracia y de una manera agradecida a lo que se les otorgó. ¡Felicitaciones!

—Dice Lucrecia Van Egmond, la señora de mediana edad, con piel pálida, nariz aquilina y vestida con falda y mangas largas combinadas con su pañoleta. —Están muy bien encaminados a su objetivo, pero no se vuelvan complacientes, todavía tienen muchos peligros y riesgos por delante, —ella dice antes de desvanecerse en un instante.

Mientras caminamos un poco más a través del túnel, recuerdo otra de las pistas.

—Aun cuando van a tener muchas presiones y se van a sentir constreñidos por el tiempo, van a tener que ignorarlo para lograr obtener el resultado deseado y obtener éxito. Van a tener que actuar sin las cadenas del reloj del tiempo y su tic tac marchando sin parar.

—Ahora cada una de las pistas van haciendo sentido, —dice una perennemente sarcástica Reddish.

En ese momento nos damos cuenta de que llevamos nuestras ropas de arlequín.

La prueba de la Envidia.

Apenas empezamos a caminar oímos voces en la distancia y suenan alegres, al parecer alguien está de muy buen animo y entonces vemos allí las seis sombras. De inmediato nos damos cuenta de que son muchachos de nuestra edad. Cuando podemos verlos bien y más de cerca, reparamos que son también seis arlequines con sonrisas en sus rostros.

—Ah, candidatos a aprendices, —dice el más alto de los muchachos con un gesto de burla.

—Ya nosotros nos graduamos de aprendices, —dice una muchacha pelirroja en tono de alarde.

'Cómo desearía ser uno de ellos', pienso por un solo momento.

—¿Quieren que les demos algunos datos y quizás algunas pistas nuevas? —Pregunta un arlequín verde con ojos del mismo color.

Nos miramos los unos a los otros y nos encojemos de hombros.

—¿Por qué n...?—Empiezo a responder consintiendo, pero me interrumpo a mitad de camino.

—Esperen un momento, —les digo a mis compañeros. —¿Quizás no deberíamos, no sería eso hacer trampa? —Pregunto en voz alta.

—Tu debes ser el líder, ¿quién eres? —Pregunta el más alto de los graduados.

—Llámame Blunt.

—Yo soy Hawk, ¿no te gustaría ser uno de nosotros? Ya acreditado como un joven aprendiz de mago, con tus credenciales y todo.

—Por supuesto, pero...

—Blunt, ahora recuerdo que el Orloj dijo que debemos cruzar el túnel por nosotros mismos, —dice Reddish.

—Esperen un momento, recuerdo algo más... —Salta en la conversación Greenie.

—Hay un solo grupo de candidatos a la vez buscando credenciales de aprendiz de mago.

Todos nos volvemos a mirar a al nuevo grupo de seis. Sus expresiones cambian a disgusto y molestia cuando de repente desaparecen. Tenemos nuestra ropa de calle de nuevo con nosotros.

—¡GÁRGOLAS! —decimos todos en unísono.

—Y no podíamos detectarlos porque nuestros poderes no funcionan en el túnel, —dice Firee.

—¿Cómo podrían funcionar si estamos debajo del río Vlatva? —añade Breezie.

—¡Bravo! —Son las palabras de una hermosa voz ya conocida que nos llega desde la sombras del túnel. Paulina Tetrikus, bajita y jorobada, con una mecha corta y mal temperamento, bella, pero con rostro bravo, rara vez mira a nadie directo a los ojos, pero en el día de hoy ella está fuera de su comportamiento habitual y tiene una expresión de inmensa satisfacción mientras nos mira directamente a los ojos sin pestañear. —Así es como se asfixia a la envidia, haciendo pausa y pensando primero antes de estar deseando lo que otros tienen o hacen y nosotros carecemos. Nos enfocamos en lo que nos ha tocado sin perder de vista la misión o tarea que tenemos entre manos, —ella dice con un espíritu animado. —Y me encantó el esfuerzo de equipo que hicieron, —Son sus ultimas palabras antes de desaparecer, como todas los otras estatuas, en una nube de polvo y humo.

—Los seis anticuarios, con sus virtudes y defectos, estarán presentes cuando traten de cruzar el túnel, —recuerdo en voz alta una más de las pistas.

Los otros asienten con sus cabezas entendiendo que todas las pistas están ocurriendo exactamente como lo predijeron.

Una vez más llevamos nuestras ropas de arlequines.

La prueba de la Avaricia.

Al dar la vuelta y caminar en el túnel nos encontramos con una bifurcación y decidimos en el momento separarnos en dos grupos.

—Sea lo que sea lo que se encuentren, no lo encaren o enfrenten solos, regresen a este punto, nosotros haremos lo mismo. Una vez aquí lo discutimos juntos primero y decidimos qué hacer.

Reddish, Breezie y yo caminamos a través de uno de los dos pasajes que a medida que caminamos se va haciendo cada vez más y más estrecho, hasta que no podemos movernos más.

—Esta, definitivamente, no es la vía, —declara Breezie y nos devolvemos.

Al irnos, contemplo la pared pensando que quizás no hicimos algo lo suficientemente bien. Cuando llegamos a la intersección nos encontramos a Greenie, Checkered y Firee saltando arriba y abajo celebrando algo.

—Lo encontramos, lo encontramos, —anuncia Greenie.

—¿Encontraron qué? —Pregunto yo.

—El castillo. La salida está allí misma, al final de este pasaje. Estuvimos a punto de salir del túnel cuando nos recordamos de tus palabras, —dice Checkered sonado decepcionada.

Excitados, los seis nos dirigimos a paso rápido hasta el final del túnel, pero Firee, quien ya ha estado allí, aminora la marcha antes de que podamos ver la salida. Para nuestra sorpresa, nuestras ropas de calle están de regreso.

—No hemos completado todas las virtudes y defectos, —dice Firee.

—¿Y qué importa?, este es un atajo, quizás una recompensa por hacerlo todo tan bien, ¿qué es lo que están esperando? Vamos, deberíamos estar corriendo hacia allí, —dice Reddish sin mucha convicción en su voz.

—No podemos, —digo yo súbitamente.

Todos se vuelven a mirarme con sorpresa y expectantes ante la seriedad de mis palabras.

—Tenemos que encontrarnos y experimentar todas las virtudes y defectos para completar el pasaje a través del túnel, —recuerdo las palabras que nos impartieron al principio de nuestra búsqueda, eso es lo que el Orloj dijo al principio de todo esto, —concluyo.

—Y ¿qué hacemos ahora entonces? —Pregunta Firee.

—Nos damos la vuelta y regresamos a la intersección del túnel.

Y eso es lo que hacemos, pero para nuestra gran sorpresa la intersección ha desaparecido y no hay manera de continuar.

—Todos ustedes serán maravillosos hechiceros algún día, —son las palabras sorprendentes que nos llegan desde alguna parte del túnel. —El comportamiento que acaban de demonstrar evidencia un nivel de madurez mucho más allá de sus edades. Podrían fácilmente haber sucumbido a la tentación de obtener satisfacción inmediata de sus deseos, en este caso antes de tiempo, pero en vez de tomar una decisión catastrófica, resistieron la tentación y se deshicieron de la avaricia al no dejarla respirar. Se mantuvieron enfocados en su tarea y objetivo, —nos dice Morpheous Rubicom, el hombre alto con las ropas colgantes. Su usual nerviosismo y ojos cansados son hoy casi imperceptibles, reemplazados por un estado de ánimo jubiloso y celebratorio aun cuando sus movimientos nerviosos e incesantes continúan estando presentes. Y como todas las estatuas lo han hecho con anterioridad, se desvanece en un instante. Lo que nos queda es un sentido de satisfacción de lo logrado mezclado con la realización de lo que pudiera haber ocurrido.

—Solo el conocimiento completo de todo lo que han aprendido en el camino, les proveerá la sabiduría necesaria para superar los obstáculos que se van a encontrar, —recito en voz alta una más de las pistas.

—Eso fue una sabia decisión Blunt. Quiero decir la que tomamos todos al final, — dice Reddish filosóficamente, pero a la vez con tono de disculpas.

—Lo mejor de todo es que usamos nuestra experiencia, la que hemos adquirido en esta aventura, —digo completando sus palabras y no dándole importancia a su deseo de disculparse.

Nuestros trajes de arlequín están de vuelta.

La prueba de la Compasión.

A seguidas, hacemos la caminata más larga en el túnel hasta ahora. Faroles de calle rotos iluminan el camino, dándonos un sentido de proximidad. De repente, nos llega un fuerte olor a sulfuro y nos afecta a todos, seguido por un color rojo intenso que se filtra y tiñe el aire. Nuestros trajes de calle están de vuelta así que todos entramos en estado de alerta. A seguidas, entramos a una caverna con un techo enorme y estamos frente a un precipicio que no puede ser cruzado sin ayuda. Bocanadas de humo rojo con intenso olor a sulfuro emanan del abismo. Del otro lado oímos un sonido metálico que lo hace un estrecho puente retractable cuando se empieza a extender. Parece una escalera de camión de bomberos en una posición horizontal viniendo hacia nosotros.

—Jóvenes ya casi han llegado, —dice Leticia Dillitante, la anticuaria de belleza nórdica con pelo rubio recogido en una cola. Alerta pero humilde a la vez, su expresión es una de absoluta confianza en sí misma.

El clic del puente llegando a nosotros y automáticamente asegurando sus agarres de soporte al piso, nos provee con la confianza de que estamos a punto de terminar nuestra aventura.

—Arlequines, hay una virt… —sus palabras son interrumpidas por un enorme temblor que sacude toda la cueva.

La superficie se empieza agrietar y pedazos de piedra empiezan a caer desde el techo; las bocanadas de humo rojo con fuerte olor a sulfuro se filtran ahora por las grietas recién creadas en el suelo y paredes. Los seis tratamos de mantener el balance y nos quedamos lo más alejados posibles del borde del precipicio. Apenas hemos podido suspirar, cuando ocurre un segundo temblor, esta vez mucho más fuerte, y el lugar parece a punto de colapsar. Finalmente, para nuestro gran alivio, el temblor termina. Allí escuchamos los agarres de soporte al piso del puente que se sueltan indicando que el puente se va a retractar.

—¿Donde está la señora Dillitante? —Pregunta Reddish.

—No había terminado de explicarnos la virtud de la compasión, ¿acaso se fue? — pregunto.

El puente está a punto de moverse, por lo que todos nos montamos en el y la retracción en ese momento se detiene. Allí es que veo a la señora Dillitante de cara al abismo. Su espalda está contra la pared y está parada precariamente en un pequeño saliente en las paredes a unos tres metros debajo del nivel de la superficie.

—La voy a ayudar, Breezie acompáñame, el resto empiecen a cruzar el puente, los veremos del otro lado, —les digo disparando rápidamente las palabras.

Pero en el momento en que me bajo del puente, este empieza a retirarse, rápidamente me monto de vuelta y su retracción se detiene.

—Blunt, parece que el puente requiere de todos nosotros sino se retracta, —dice Firee.

—Entonces nos bajamos todos, no la podemos dejar allí, —digo y todos están de acuerdo de inmediato.

Nos bajamos rápidamente y nos dirigimos hacia ella. La tierra ruge de nuevo y empieza a temblar aun más fuerte. El puente está allí todavía, pero ninguno se vuelve a verlo, solo oímos el sonido metálico y sabemos que nuestra oportunidad de cruzar el abismo se ha probablemente esfumado. A seguidas, le extiendo la mano a la señora Dillitante mientras dos de los arlequines me sostienen. Breezie hace lo mismo hacia la otra mano de la asustada anticuaria, sostenido por los otros dos arlequines. La superficie se empieza resquebrajar completamente a nuestro alrededor y los temblores empiezan de nuevo con más intensidad todavía. El puente está ya a medio camino de vuelta, retractándose hacia el otro lado. Nos cuesta mantener el balance, pero cuando Breezie y yo tratamos de halar a la anticuaria, ¡no podemos! No tenemos la fuerza para alzar su peso.

—Vamos Blunt, Breezie ustedes pueden hacerlo, —nos urge Reddish con lágrimas en sus ojos.

—La estamos perdiendo, —digo yo.

En ese momento el saliente debajo de los pies de la señora Dillitante, cede. Nos preparamos para el halón que o bien la va a enviar al precipicio cuando perdamos el agarre o nos va a llevar a nosotros con ella, pero no llega a suceder. Aprieto su mano más aun y halo, Breezie hace lo mismo e inesperadamente la subimos con facilidad a la superficie. Cuando está de pie sonríe ampliamente.

—Arlequines, ustedes han demostrado el máximo nivel de compasión al volcarse a ayudar a alguien en peligro, en este caso yo, aun cuando su interés propio era salvarse ustedes primero, ¡felicitaciones! Acaban de cumplir con su búsqueda. Cuando ella desaparece en una nube de humo, nosotros ya estamos parados a la salida del túnel con nuestras ropas de arlequín, frente al magnifico castillo Hradcany (El castillo de Praga). Todos saltamos y celebramos llenos de alegría, abrazándonos con pasión y apretándonos a más no poder. Las puertas del castillo se abren en cámara lenta y entramos deseosos de ser recompensados. En el medio del salón de entrada está el hombre redondo —el Orloj— sonriendo ampliamente hacia nosotros. En su hombro está ¡Thumbpee! y revoloteando a su alrededor está ¡Buggie!

—Arlequines, en el día de hoy se han convertido en aprendices de mago, —dice Orloj entregándonos las credenciales y dándonos a cada uno un pequeño pero efusivo abrazo. —Para su próximo nivel de mago, les veré nuevamente el año próximo en esta misma fecha y hora, pero en un lugar diferente. El festival de hechiceros y brujas se celebra en varias ciudades simultáneamente. La ciudad que nos espera está literalmente inundada de agua y palomas.

Al desaparecerse, estamos todos de vuelta en Staromestske Namesti (la plaza principal de la ciudad antigua). Los seis nos abrazamos por lo que parece ser una eternidad. Uno a uno subimos el andamio en el frente del reloj y una vez adentro, estoy repentinamente solo, rodeado de los mecanismos de la máquina. Lentamente todo se pone borroso nuevamente y lo primero que ocurre es que, a la distancia, como congelados en el tiempo, puedo ver la imagen de mis padres y el anticuario Kraus sentados en su librería. Lo próximo es que estoy sentado con ellos, y cuando se despiertan, nuestra conversación continúa exactamente donde la dejamos antes o quizás un poco más adelante, pero casi nada, solo fracciones de segundo después.

—Joven Erasmus, ¿qué piensas sobre lo que te acabo de leer? Pareces perdido en algún lugar, ¿estabas prestando atención? —Pregunta el anticuario Kraus con cara seria refiriéndose al escrito de un mundo patas para arriba que me leyó hace veinticuatro horas.

—Me encantó cada minuto de él señor Kraus, especialmente el final en el castillo de Praga, —le respondo con picardía.

—El castillo de P… —empieza a preguntarme, pero me entiende y casi imperceptiblemente me guiña un ojo.

Después de darle las gracias por todo, mis padres y yo nos despedimos del sabio anticuario. Una vez más me encuentro caminando las calles de la misteriosa ciudad de Praga, veo de reojo y brevemente las gárgolas esculpidas en muchos de los tejados. Arriba, en los edificios, veo los innumerables capiteles que adornan la ciudad, pero esta vez ninguno de ellos se mueve. Cuando caminamos al lado del Orloj, no hay andamio alguno en el reloj, lo cual es de esperarse ya que la Praga paralela se ha adormecido nuevamente por otros doce meses. Cuando finalmente estoy en frente del viejo reloj, siento una corriente de alegría cuando parece que, por una fracción de segundo, el querido y gigante reloj, tal como lo hizo el señor Kraus, por una milésima de segundo, también me guiña el ojo.

Por una razón que mis padres nunca me explicaron, en vez del país de Gales, volamos a Boston por un par de días antes de retornar a Hay-on-Wye. Es allí, en mi ciudad natal, en el hogar donde crecí, sentado con mi tío Bartholomeous (quien es también mi medio hermano), antes de esta clase, con la única persona en el mundo con quien jamás compartí mis aventuras, cuando me entero adonde tengo que ir el año próximo para mi nuevo nivel de aprendiz de mago.

—Erasmus, el lugar al cual se refirió el Orloj es Venecia, Italia. La historia de esta ciudad está literalmente inundada de agua y libros antiguos de la era renacentista. Y siempre está llena de palomas, especialmente en su plaza principal San Marcos, donde está ubicado un famoso reloj. Allí es donde tienes que ir Erasmus. Te voy a llevar yo mismo y así puedes conocer mejor a tu tío y tía italianos cuya madre fue una anticuaria también.

Mientras mi tío habla casi no lo estoy oyendo porque estoy soñando con mi próxima aventura. Una vez más me encontraré con mis compañeros arlequines, mi diminuta conciencia, el insecto volador y por supuesto el viejo y magnifico reloj, el Orloj.

Epílogo

Instituto de Arte y Literatura del Valle Central de California

Dominio de Kolores (2055)

Erasmus Cromwell-Smith II está en un trance cuando devuelve a sus clase al presente. Aun cuando su intención inicial era hacer una clase evocadora de la vida de su padre, el eminente profesor ya fallecido, este semestre académico se tornó en un viaje emotivo hacia las aventuras de su niñez mientras crecía con su padre.

—El próximo semestre los llevaré a Venecia, Italia. Es allí donde mi segunda aventura tuvo lugar un año después.

El profesor Cromwell II termina su clase haciendo referencia a que todos damos como un hecho cosas que en realidad son privilegios y regalos que disfrutamos en la vida. El problema es que la mayoría de nosotros no las valoramos lo suficiente o simplemente en lo absoluto hasta que las perdemos.

—¡Genial! —Dice el joven profesor.

—Los veré después de las vacaciones de verano. Espero que hayan tenido un gran semestre. Ahora, ¡váyanse a volar una cometa!

Erasmus II se va con paso rápido y, para sorpresa de todos, saca una pequeña cometa de su saco y lo lleva cargado en un hombro al salir del auditorio. En el momento que se va, los medios sociales a través de los dominios de la nación, como lo hicieran décadas atrás, explotan con una nueva y renovada obsesión por los hechiceros y las brujas a través del cuento mágico del Orloj.

Glosario

"Caracteres"

-El Orloj

-The Burly Man (La versión callejera de El Orloj)

-Thumbpee

-Buggie

"Los Seis Arlequines"

- Erasmus Jr. alias BLUNT; ropa azul Boston, Mass. USA.
- Sofía también conocida como REDDISH; ropa roja, Barcelona, España.
- Sanjiv también conocido como FIREE; ropa naranja; Mumbai, India.
- Winnie alias CHECKERED; ropa en blanco y negro; Pretoria, Sudáfrica.
- Sang-Chang alias BREEZIE; ropa amarilla, Shanghái, China.
- Carole también conocida como GREENIE; ropa verde, Beirut, Líbano.

"Los seis Sheppard-Moors"

- Cornelius Tetragor, pastor-moro de la Honestidad: pelo largo y blanco, cola de caballo, viste una túnica larga.
- Lazarus Zeetrikus, pastor-moro de los Rencores: un anciano alto con un sombrero viejo doblado.
- Lucrecia van Egmond, pastor-moro de la Perseverancia y la Valentía: cabello largo y blanco con hebras, nariz aguileña

pálida, ojos azul claro, rasgos finos, falda hasta los tobillos, camisa de manga larga.

- Paulina Tetrikus, pastor-moro de la Lealtad: baja y encorvada, evita mirar a los ojos, rostro hermoso pero enojado, cabello negro corto, ojos verdes.
- Morpheus Rubicom, pastor-moro de la Traición: nervioso, nunca se queda quieto, ojos hinchados, extremadamente delgado y alto, cabello abundante rizado y desordenado, viste ropa holgada que cuelga.
- Lettizia Dilletante, pastor-moro del Perdón; cabello rubio en una cola de caballo, escultural, consciente de sí mismo pero humilde. Una belleza nórdica con nombre mediterráneo.

"Otros personajes"

- Erasmus Sr. (padre de Blunt).
- Victoria (madre de Blunt).
- Zbynek Kraus, el anticuario del reloj. Cabello largo y blanco en una cola de caballo, bigote de Fumanchu, viste una túnica azul eléctrico y un sombrero de cono doblado (ambos con estrellas y rayos).
-Bartolomeus, Roberto y Maria Antonella (tíos y tía de Blunt).
-Antonella D'Agostino & Leonardo Conti (anticuarios italianos).
-Señora. Victoria Sutton-Raleigh (Sra. V.).

"Poderes obtenidos"

- Ahora cada uno tiene el poder de crear un escudo de energía para protegerse. Si están juntos, el escudo tendrá forma de cúpula que los protegerá a todos, de lo contrario, cada uno de ustedes podría generar un escudo en forma de placa lateral.

- Ahora todos tienen la capacidad de ver si las personas están infectadas con un virus, incluso a través de las paredes, expresan explícitamente el deseo de hacerlo.

- Ahora tienen la capacidad de conectar los puntos.

- Ahora todos tienen la capacidad de lidiar con la duda y obtener resultados positivos a pesar de la incertidumbre.

- Ahora tiene la capacidad de sentir cuando se acerca un peligro.

- A partir de ahora podrán usar todos sus poderes en los próximos seis desafíos.

INDICE

POEMAS Y FÁBULAS

Un agradecimiento especial a D. Suster, Elisa Arraiz y Tracy-Ann Wynter. Sus invaluables ayudas y fe ciega en mi trabajo han sido una parte intrínseca de la creación de El Orloj. También, Daniel Dorse por su magistral trabajo en la serie The Equilibrist, libros de audio. Gracias a todos.

Erasmus Cromwell-Smith II es un escritor, dramaturgo y poeta norteamericano. La serie El Orloj se ha diseñado a través de una inmersión introspectiva muy intensa e íntima en las propias experiencias de vida y sabiduría del autor. El Volumen 2, El Orloj de Venecia, se publicará próximamente.

CPSIA information can be obtained
at www.ICGtesting.com
Printed in the USA
LVHW040240190522
719082LV00003B/492